KB268556

세계 문학 단편선

겨울 숲 사이로

세계 문학 단편선

겨울 숲 사이로

다정한책

차례

눈 오는 밤 이야기

雪の夜の話

다자이 오사무(だざいおさむ, 1909~1948)

일본 아오모리현 출신. 불안하고 방황 많은 삶을 문학으로 승화시킨 일본 근대문학의 대표 작가다. 《인간 실격》과 《사양》 등 자전적 색채가 짙은 작품을 통해 무너지는 자아와 시대의 불안을 섬세하게 그려냈다. 고백적 서술과 독특한 문체는 여전히 많은 독자의 공감을 얻고 있으며, 비극적인 생애는 그의 작품과 함께 일본 문단에 깊은 흔적을 남겼다.

—

　그날은 아침부터 눈이 내리고 있었습니다. 며칠 전부터 만들기 시작한 조카 오쓰루의 바지가 완성되어 그날 오후 학교에서 돌아오는 길에 전해주려고 나카노의 숙모 댁에 들렀습니다. 숙모에게 말린 오징어 두 마리를 선물로 받아 들고 기치조지역에 도착했을 때는 날이 어두워져 있었습니다. 게다가 눈이 30센티미터 넘게 쌓이고도 멎지 않고 그 위로 속삭이듯 소곤소곤 내렸습니다. 나는 장화를 신고 있어서 걱정은커녕 오히려 마음이 들뜬 나머지 일부러 눈이 많이 쌓인 곳을 골라서 걸었습니다.

　옆구리에 끼고 있던 신문지로 싼 오징어가 없어진 사실을 깨달은 것은 집 근처 우체통 앞까지 왔을 때였습니다. 나는 느긋한 성격에 덜렁거리기는 해도 물건을 떨어뜨리거나 하는 일은 별로 없는데, 그날 밤은 소복소복 쌓이는 눈에 한껏 들떠서 신나게 걷다가 그만 떨어뜨렸던 모양입니다. 나는 잔뜩 풀이 죽었습니다. 그깟 오징어를 잃어버리고 실망하다니, 그런 나 자신이 한심하면서도 부끄러웠습니다만, 새언니에게 주려던 것이었답니다.

새언니는 그해 여름에 아기를 낳을 예정이었습니다. 아기를 갖게 되면 몹시 배고프다는 말을 들었습니다. 뱃속 아기도 먹으니까 그렇겠지요. 새언니는 나와 다르게 차림새가 단정한 데다 품위가 있어서인지 아기를 갖기 전에는 카나리아처럼 음식을 아주 조금씩 먹었습니다. 간식 같은 것도 일절 입에 대지 않았는데, 아기를 갖고 나서부터는 부쩍 배가 고팠는지 부끄럽다며 평소에 먹지 않던 것도 먹고 싶다고 했습니다.

새언니는 얼마 전에도 나와 함께 저녁 설거지를 하다가 "아, 입이 쓰네. 오징어 같은 거라도 씹고 싶은걸." 하고 자그마한 목소리로 말하며 한숨을 쉬었습니다. 나는 그 말을 잊지 않고 있었기 때문에 그날 나카노의 숙모에게서 우연히 말린 오징어 두 마리를 받고는 새언니에게 줘야지, 생각하고 기쁜 마음으로 집에 가져오던 참이었습니다. 그런데 그것을 길바닥 어딘가에 떨어뜨렸으니, 그런 나 자신에게 실망할 수밖에 없었던 것입니다.

아시다시피 우리 집은 오빠와 새언니와 나, 이렇게 세 식구입니다. 오빠는 다소 괴짜 기질이 있는 소설가로, 마흔 가까이 되었는데도 전혀 유명하지 않아서 늘 가난을 지고 삽니다. 그런 터에 몸이 좋지 않다며 누웠다 일어났다만 반복하는데, 입은 어찌나 야무진지 이러쿵저러쿵 잔소리를 늘어놓곤 합니다. 그러면서도 집안일에는 손가락 하나 까딱하지 않아 새언니가 남자 몫의 힘든 일까지 떠맡고 있습니다. 나는 그런 새언니를 볼 때마다 안쓰러우면서도 의분이 일곤 했습니다.

그러던 어느 날 나는 참다못해 오빠한테 말했습니다.

"오빠, 가끔은 시장바구니를 들고 나가서 채소 같은 걸 좀 사 와봐. 다른 집 남편들은 다들 그렇게 하는 것 같아."

그러자 오빠가 뚱한 얼굴로 대꾸했습니다.

"야, 이 계집애야! 나는 그런 별 볼 일 없는 사내가 아니야. 내 말 잘 들어. 기미코 당신도 내 말 똑똑히 기억해 둬. 우리 식구가 굶어 죽는다 해도 나는 장이나 보러 다니는 그런 비루한 짓거리는 절대 안 해. 알겠어? 이건 내 마지막 자존심이야."

말 한번 당차고 멋졌지만, 오빠는 나라 경제를 생각해 사재기하는 사람들을 증오해서 그러는 것인지, 자기가 게을러서 장 보러 다니는 일을 싫어해서 그러는 것인지 도무지 알 수가 없었습니다.

아버지와 어머니는 둘 다 도쿄 사람이지만, 아버지는 오랫동안 도호쿠 야마가타 관청에서 근무했습니다. 그 바람에 오빠와 나는 야마가타에서 태어났습니다. 아버지가 돌아가신 곳도 야마가타였습니다. 오빠가 스무 살이던 무렵, 어머니는 어린 나를 등에 업고 오빠와 함께 도쿄로 돌아왔습니다. 그러고는 몇 해 전 세상을 떠나셨는데 그때부터 오빠와 새언니, 나 이렇게 세 식구가 살게 되었습니다.

우리에게는 딱히 고향이라고 부를 만한 곳이 없어 다른 집들처럼 시골에서 먹을거리를 받는 일이 없었습니다. 그런데다 오빠는 괴짜라서 이웃과의 교류도 전혀 없을 뿐 아니라 뜻밖의 귀한 것이 손에 들어오는 일도 일절 없습니다. 그러니 말린 오징어 두 마리라 하더라도 새언니에게 주면 얼마나 기뻐할까, 하고 생각했던 것입니다. 대단치 않은 것이기는 하나 너무나 아쉬워서 나는 몸을 홱 돌려 방금 걸어온 눈길을 천천히 되짚어 살펴보았습니다.

하지만 끝내 찾지 못했습니다. 하얀 눈길에서 하얀 신문 꾸러미를 찾는 것부터가 어려운 일인데 눈까지 계속 쌓이고 있었습니다. 기치조지역 근처까지 되돌아가서 살펴보았지만, 모든 것이 눈에 덮여 돌멩이 하나 눈에 띄지 않았습니다. 나는 한숨을 쉬며 우산을 고쳐 쥐고는 어두운 밤하늘을 올려다보았습니다. 하얀 눈송이가 수많은 반딧불이가 춤추듯 어지럽게 흩날리고 있었습니다. 뭐랄까, 참 아름답다는 생각이 들었습니다.

　길가의 나무들은 눈을 하얗게 뒤집어쓰고는 무거운 듯 가지를 축 늘어뜨린 채 이따금 한숨을 쉬는지 살짝 흔들리곤 했습니다. 마치 동화 속 세계에 들어와 있는 것 같은 기분에 취해 더는 오징어 생각을 하지 않게 되었습니다. 그 대신 기막힌 생각을 떠올렸습니다.

　'그래, 온통 흰 눈에 덮인 이 아름다운 풍경을 새언니한테 가져다주자. 오징어 같은 것보다 백배 천배 훌륭한 선물일 수도 있어. 음식 따위에 집착하는 건 천박한 짓이야. 그런 것이야말로 부끄러운 일이라고.'

　언젠가 오빠는 사람의 눈은 풍경을 담을 수 있다고 말했습니다. 그러면서 전구를 잠시 바라보다가 눈을 감으면 눈꺼풀 안쪽에 전구가 선명하게 남아 있지 않느냐며 그것이 증거라고 했습니다. 오빠는 또 옛날 덴마크에서 실제로 있었던 일이라며 다른 이야기를 들려주었습니다. 평소에 오빠가 들려준 이야기는 대개 엉터리여서 조금도 믿을 수 없었지만, 어쩐지 그 이야기만은 오빠가 거짓으로 꾸며낸 것일지라도 왠지 모르게 좋은 이야기일 것 같은 기분도 들었습니다. 대략 이런 이야기였습니다.

　옛날 덴마크의 한 의사가 젊은 선원의 시체를 해부하다가

현미경으로 눈알을 조사했습니다. 그러다 망막에 아름다운 가족의 단란한 모습이 비쳐 있는 것을 발견했습니다. 의사는 친구인 소설가에게 그 사실을 말했습니다. 그러자 소설가는 그 불가사의한 현상에 대해 다음과 같이 말했습니다.

"젊은 선원은 배가 난파되면서 거센 파도에 휩쓸려 해안에 내동댕이쳐졌어. 그러다 정신을 반쯤 잃은 채 등대의 창가에 겨우 매달렸지. 선원은 '아, 이제 살았구나.' 생각하고 도움을 청하기 위해 창 안쪽을 들여다보았어. 마침 등대지기 가족이 소박하지만 즐거운 저녁 식사를 하려던 참이었지. 선원은 '살려줘요!'라고 소리치려다 망설였어. '아, 안 돼. 내가 지금 겁먹은 목소리로 외치면 저 가족의 화목한 분위기는 여지없이 깨져버릴 거야.' 선원이 이렇게 생각한 순간, 창가에 매달려 있던 손의 힘이 풀렸어. 그때 커다란 파도가 또다시 밀려와 선원을 덮쳐서는 그대로 바다로 데려가 버렸지. 분명히 그랬을 거야. 그 젊은 선원은 요즘 세상에서는 보기 드문 인정 많고 성품도 고귀한 사람임에 틀림없어."

의사는 소설가 친구의 이야기에 크게 공감했습니다. 결국 두 사람은 젊은 선원의 시신을 정성껏 묻어주었습니다.

나는 오빠의 이야기를 믿고 싶었습니다. 과학적으로 따지면 있을 수 없는 일이겠지만, 그러거나 말거나 믿어야겠다고 생각했습니다. 나는 그 눈 오는 밤에 문득 오빠 이야기가 떠올라서 눈동자 깊은 곳에 아름다운 설경을 담아두기로 했습니다. 그런 다음 집으로 돌아가서 새언니한테 이렇게 말할 작정이었습니다.

"언니, 내 눈을 들여다봐요. 그러면 뱃속 아기가 예뻐질 거예요."

얼마 전 새언니는 웃으며 오빠한테 이렇게 부탁했습니다.

"예쁜 사람을 그린 그림을 내 방 벽에 붙여줘요. 날마다 바라보게요. 그러면 예쁜 아기를 낳을 것 같아요."

그러자 오빠는 진지하게 고개를 끄덕이며 말했습니다.

"음, 태교하려고? 그런 것도 중요하긴 하지."

오빠는 곧바로 일본의 전통 가면극에 나오는 화려한 마고지로 가면 사진과 가련하고 청순한 유키노코오모테 가면 사진 두 장을 벽에 나란히 붙여놓았습니다. 그것까지는 좋았습니다. 그 사진 두 장 사이에 오빠의 찡그린 얼굴 사진을 떡하니 붙여놓아서 차라리 아무것도 안 붙이느니만 못하게 되었답니다.

"당신 사진은 제발 치워 주세요. 보고 있으면 속이 안 좋아요."

온순한 새언니인데도 도저히 참을 수 없었는지 오빠에게

빌 듯이 부탁했습니다. 그래서 그 사진은 떼어졌습니다. 내가 생각해도 오빠 사진을 계속 바라보면 원숭이 같은 아기가 태어날 것 같았습니다. 오빠는 그처럼 괴상망측한 얼굴인데도 자기 딴에는 그런대로 봐 줄 만한 미남이라고 생각하는 모양이었습니다. 어처구니없게도 말입니다.

아무튼 새언니는 여전히 아기를 위해 이 세상에서 가장 아름다운 것만 보고 싶어 했습니다. 그러므로 흰 눈에 덮인 풍경을 눈동자에 담아 가서 보여주면, 오징어 같은 선물보다 백배 천배, 아니 그보다 더 기뻐할 게 분명했습니다.

나는 잃어버린 오징어를 찾는 일을 단념하고 집으로 돌아오는 내내 주위의 아름다운 설경을 보고 또 보았습니다. 눈동자 깊은 곳만이 아니라 가슴까지 가득 순백의 풍경을 담은 것 같은 흡족한 기분으로 집에 도착하자마자 새언니에게 말했습니다.

"언니, 내 눈을 봐요. 내 눈에는 아주 아름다운 풍경이 가득 담겨 있어요."

"네? 무슨 말인지…. 대체 눈에 뭐가 담겨 있다는 거예요?"

새언니가 내 어깨에 손을 살짝 얹고 웃으며 물었습니다.

"전에 오빠가 말했잖아요. 사람 눈 안쪽에는 방금 본 풍경이 사라지지 않고 그대로 남아 있다고요.”

“오빠 말은 금방 잊게 돼요. 대부분 거짓말이니까요.”

“하지만 그 말만은 참말 같아요. 난 그 말 믿어요. 그러니 내 눈을 봐요. 오늘 눈 덮인 아름다운 풍경을 잔뜩 보고 왔어요. 자, 내 눈을 봐요. 그러면 틀림없이 눈처럼 희고 고운 아기가 태어날 거예요.”

새언니는 슬픈 표정을 지은 채 말없이 내 얼굴을 바라보았습니다.

“야, 슌코!”

그때 옆방에서 오빠가 나오며 말했습니다.

“네 그 흐리멍덩한 눈을 보느니 내 눈을 보는 게 백배 천배는 효과 있을 거다.”

“왜? 왜?”

나는 한 대 쥐어박아 주고 싶을 만큼 오빠가 미웠습니다.

“오빠 눈을 보면 새언니가 속이 안 좋아질 텐데. 전에 그렇게 말했잖아?”

“그럴 리 없을 텐데. 내 눈은 스무 해 동안 아름다운 설경을 봐왔어. 나는 스무 살 때까지 야마가타에 있었잖아. 슌코 너는 철도 들기 전에 도쿄로 와서 야마가타의 눈 덮인 멋진 풍경을 본 적이 없어. 그래서 보잘것없는 도쿄의 눈 덮인 풍경을 보고 호들갑을 떠는 거지. 내 눈은 설경다운 설경을 질리도록 봐왔어. 한마디로 슌코 네 눈에 비할 눈이 아니란 거야."

나는 분한 나머지 울먹거렸습니다. 그때 새언니가 나를 도와주었습니다. 언니가 미소를 지으며 조용히 말했습니다.

"하지만 당신 눈은 아름다운 풍경을 질리도록 봐온 대신, 지저분한 것도 질리도록 봐왔겠죠."

"맞아, 맞아! 오빠 눈엔 좋은 것보다 나쁜 게 훨씬 많아. 그래서 그처럼 누렇게 떠 있는 거라고!"

"건방진 소리 하지 마."

내가 맞장구를 치자, 오빠는 토라져서 자기 방으로 들어가버렸습니다.

눈보라

Метель

알렉산드르 세르게예비치 푸시킨(Александр Сергеевич Пушкин, 1799~1837)

러시아 모스크바 출신, 러시아 근대문학의 토대를 닦고 국민 문학의 장을 연 19세기 세계 문학의 거장이다. 《예브게니 오네긴》, 《대위의 딸》, 《스페이드의 여왕》 등에서 러시아의 역사와 민중의 삶을 명징하고 시적인 문체로 탐구했다. 낭만주의를 넘어 사실주의의 선구적 역할을 한 그의 작품은 비극적인 결투로 생을 마감하기까지 러시아어의 예술적 완성도를 높였으며, 오늘날까지 러시아 정신의 근간을 이루는 불멸의 작가로 추앙받는다.

—

말들이 언덕 위를 질주한다.
깊이 쌓인 눈을 짓밟으며,
여기 한쪽에 외롭게 서 있는
하느님의 교회가 보인다.
(……)
갑자기 사방을 둘러싸는 눈보라
눈이 덩어리째 쏟아진다.
검은 까마귀가 소리 내어 날갯짓하며
썰매 위를 맴돈다.
앞날을 예고하는 신음이 슬픔을 말하는구나!
말들은 서두르고
어두운 먼 곳을 날카롭게 바라본다.
갈기를 곧추세우며.
_주콥스키[*]

우리에게는 각별한 기억으로 남은 1811년 말[**], 선량한 가
브릴라 가브릴로비치 R**이 네나라도보에 있는 자신의 영지

---

[*] **바실리 안드레예비치 주콥스키** 19세
기 러시아 낭만주의 문학의 창시자 중 한
사람으로, 위 시는 주콥스키의 서사시 〈스
베틀라나〉의 일부이다.

[**] 1812년 나폴레옹 전쟁 직전이기 때문
에 이렇게 표현한 걸로 보인다.

에서 살고 있었다. 그는 후한 손님 대접과 친절함으로 이름
이 나 있었고, 이웃들은 시시때때로 그를 찾아와 먹고 마시
고 그의 아내와 함께 5코페이카 내기 보스턴 게임*을 즐기곤
했다. 어떤 이들은 날씬하고 창백한 열일곱 살 먹은 그들의
딸 마리야 가브릴로브나를 보기 위해 찾아오기도 했다. 그
녀는 부유한 신붓감으로 여겨졌기에 많은 사람이 그녀를 자
기나 아들의 배필로 점찍어 두었다.

마리야 가브릴로브나는 프랑스 소설을 읽으며 자랐고, 그
결과 사랑에 빠져 있었다. 그녀가 선택한 상대는 가난한 육
군 소위로, 휴가를 얻어 마을에 머물고 있었다. 이 젊은이
또한 말할 것도 없이, 같은 열정으로 불타올랐으나 그가 사
랑하는 여인의 부모는 서로에게 끌리는 그들의 감정을 알아
차리고는 딸이 그에 대해 생각하는 것조차 금지시켰고, 그
를 퇴직한 지방 관원보다도 못하게 대했다.

우리의 연인들은 편지를 주고받으며 날마다 소나무숲이나
작은 예배당 근처에서 몰래 만났다. 그들은 그곳에서 영원한
사랑을 맹세하고 운명을 한탄하며 여러 상상을 했다. 이런
식으로 편지를 주고받고 대화를 나누면서 그들은 지극히 자

---

* **보스턴 게임**　소액을 판돈으로 하는 카
드 게임.

연스럽게도 이런 결론에 이르렀다. 우리가 서로 없이는 숨도 쉴 수 없는데, 모진 부모가 우리의 행복을 가로막고 있다면, 부모의 뜻 없이 우리끼리 살 수는 없는 것일까? 이 대담한 생각이 젊은이의 머릿속에 떠올랐고, 그것이 마리야 가브릴로브나의 낭만적인 상상력을 사로잡은 것은 당연지사였다.

겨울이 오자 그들의 만남은 중단되었다. 그러나 편지 왕래는 더욱 활발해졌다. 편지마다 블라디미르 니콜라예비치가 그녀에게 간청하기를, 자기에게 몸을 의탁하여 비밀리에 혼인한 뒤 한동안 숨어 지내다가, 때가 오면 함께 부모의 발아래 엎드리자고, 그러면 부모도 마침내 두 사람의 한결같은 사랑과 가엾은 처지를 보고 이렇게 말할 것이라고 했다. "애들아! 우리 품으로 오너라."

마리야 가브릴로브나는 오랫동안 망설였다. 그동안 수많은 도피 계획을 거절했다. 그러나 마침내 그녀는 동의했다. 약속을 정한 날, 그녀는 두통을 핑계로 저녁을 먹지 않고 자기 방에 머물기로 했다. 하녀도 이 공모에 가담했다. 두 사람은 뒤쪽 현관을 통해 정원으로 나가 준비된 썰매에 올라타고 네나라도보에서 5베르스타* 떨어진 자드리노 마을에 있는

---

* **베르스타** 제정 러시아에서 쓰던 거리
 단위. 1베르스타는 약 1.07킬로미터.

교회로 곧장 가야 했다. 그곳에서 블라디미르가 그들을 기다리고 있기로 했다.

거사 전날 밤, 마리야 가브릴로브나는 밤새도록 잠을 이루지 못했다. 짐을 꾸리고 속옷과 옷가지를 싸고 그녀의 감상적인 친구에게 긴 편지를 쓰고 부모님에게도 썼다. 그녀는 가장 감동적인 표현으로 그들에게 작별을 고했고, 어쩔 수 없는 강력한 열정 때문에 이런 선택을 하게 되었음을 변명했으며, 더없이 소중한 부모님의 발아래 엎드릴 수 있도록 허락받는 날이 생애 가장 행복한 순간이 될 것이라는 말로 끝을 맺었다. 그녀는 두 개의 불타는 심장 그림과 그에 어울리는 문구가 새겨진 인장으로 편지를 봉인한 다음, 날이 밝기 직전에 침대에 몸을 누이고 잠깐 졸았다. 그러나 끔찍한 꿈들이 끊임없이 그녀를 깨웠다. 혼인하러 가기 위해 썰매에 오른 바로 그 순간, 아버지가 그녀를 붙잡아 세우더니 눈 위를 거칠게 끌고가 끝 모를 어두운 지하 구덩이로 내던지는…. 그런 꿈이었다. 그녀는 말로 다 할 수 없는 공포에 사로잡혀, 심장이 덜컥 멎는 듯한 느낌 속에서 아래로 곤두박질쳤다. 또 풀밭 위에 창백한 얼굴로 피투성이가 된 채 누워 있는 블라디미르의 모습이 보이기도 했다. 그는 죽어가면서도 날카로운 목소리로 그녀에게 서둘러 자기와 결혼해 달라고 애원했다. 이 밖에도 흉측하고 뜻 모를 환영들이 차례로 그녀 앞을 스쳐 지나갔다. 마침내 그녀는 침대에서 일어났다. 평소보다 더 창백했고 두통은 실제가 되었다. 아버지와 어머니는 그녀의 불안을 알아차렸고, 부모의 다정한 염려, 그러니까 "무슨 일이니, 마샤? 아픈 거 아니니, 마샤?" 같은 끊임없는 질문이 그녀의 심장을 갈기갈기 찢어놓았다. 그녀는 그들을 안심시키려 애쓰며 일부러 명랑한 기색을 보이려 했지만, 끝내 그럴 수 없었다. 저녁이 찾아왔다. 이것이 가족과 보내는 마지막 날이라는 생각이 그녀의 심장을 조여 왔다. 그녀는 거의 숨만 이어가는 듯한 상태였다. 그녀는 자신을 둘러싼 모든 사람, 모든 사물과 남몰래 작별을 고했다.

저녁 식사가 나왔다. 그녀의 심장은 세차게 뛰기 시작했다. 그녀는 떨리는 목소리로 저녁을 먹고 싶지 않다고 말한 뒤, 아버지와 어머니에게 밤 인사를 했다. 그들은 늘 하던 대로 그녀의 이마에 입을 맞추고 축복해 주었다. 그녀는 거의 울음을 터뜨릴 뻔했다. 방으로 돌아 온 그녀는 소파에 몸을 던지고 눈물을 쏟았다. 하녀는 진정하고 기운을 차리라고 설득했다. 모든 준비는 끝나 있었다. 반 시간만 지나면 마리야는 부모의 집, 자신의 방, 그리고 조용한 처녀의 삶을 영원히 떠나야 했다. 마당에는 눈보라가 몰아치고 있었다. 바람이 울부짖었고 덧창이 흔들리며 덜컹거렸다. 모든 것이 그녀에게는 위협처럼, 슬픈 징조처럼 느껴졌다. 곧 집 안은 조용해졌고 모두가 잠에 빠져들었다. 마리야는 숄로 몸을 감싸고 따뜻한 외투를 걸친 채 손에는 귀중품 함을 들고 뒤쪽 현관으로 나섰다. 하녀가 보따리 두 개를 들고 그녀 뒤를 따랐다. 그들은 정원으로 내려갔다. 눈보라는 잠잠해지지 않았고, 바람은 마치 젊은 죄인을 붙들어 세우려는 듯 정면으로 불어왔다. 그들은 간신히 정원 끝에 이르렀다. 길가에서는 썰매가 그들을 기다리고 있었다. 말들은 몸이 얼어 좀처럼 가만히 서 있지 못했다. 블라디미르의 마부는 마차 앞을 왔다 갔다 하며 날뛰는 말들을 진정시키고 있었다. 그는 아가씨와 하녀가 썰매 마차에 앉도록 도와주고, 보따리와 귀중품 함을 실은 뒤 고삐를 움켜잡았고, 말들은 날아가듯 달리기 시작했다. 이제 아가씨를 운명의 손길과 마부 테레쉬카의 솜씨에 맡겨두고, 우리의 사랑에 빠진 젊은이에게로 시선을 돌려보자.

블라디미르는 하루 종일 이리저리 뛰어다녔다. 아침에는 자드리노의 사제를 찾아가 가까스로 그의 허락을 받아냈다. 이어서 이웃 지주들 가운데서 결혼식 증인이 되어 줄 사람들을 찾아 나섰다. 맨 처음 찾아간 사람은 마흔 살의 퇴역 기병 소위 드라빈이었다. 그는 흔쾌히 승낙했다. 그는 이 모험이 옛날 경기병 시절의 장난을 떠올리게 한다며 호기롭게 말했다. 그는 블라디미르를 설득해 자기 집에서 점심까지 먹게 했고 나머지 증인 두 사람쯤 찾는 것은 일도 아니라고 큰소리를 쳤다. 정말로 점심을 먹자마자 콧수염을 기르고 박차 달린 장화를 신은 토지측량사 슈미트와 경찰서장의 아들로 얼마 전에 창기병 연대에 들어간 열여섯 살가량의 소년이 나타났다. 그들은 블라디미르의 청을 받아들였을 뿐 아니라, 그를 위해서라면 목숨까지도 바칠 각오가 되어 있다고 맹세했다. 블라디미르는 감격한 나머지 그들을 끌어안고, 채비를 하기 위해 집으로 갔다.

이미 해는 지고 있었다. 그는 믿음직한 테레쉬카에게 삼두마차를 맡기며 구체적이고 상세한 지시를 내려 네나라도보로 보내고, 자신은 말에 작은 썰매를 매어 마부 없이 홀로 자드리노로 떠났다. 두 시간쯤 뒤면 마리야 가브릴로브나도 그곳에 도착하기로 되어 있었다. 그 길은 그에게 익숙했고 마차로 가면 겨우 이십 분 남짓한 거리였다.

그러나 블라디미르가 마을 어귀를 벗어나 들판에 들어서자마자 바람이 일더니, 눈보라가 몰아쳐 아무것도 분간할 수 없게 되었다. 순식간에 길은 눈에 묻히고 주변은 희뿌옇고 누르스름한 안개 속으로 사라졌다. 그 안개를 헤치며 하얀 눈송이들이 날아다녔다. 하늘과 땅의 경계마저 흐려졌다. 블라디미르가 정신을 차려보니 들판 한가운데였다. 다시 길로 들어서려고 했으나 헛수고였다. 말은 되는 대로 발을 내디뎠고, 눈더미 위로 오르다가 구덩이에 빠지곤 했다. 썰매는 자꾸만 뒤집어졌다. 블라디미르는 방향만은 잃지 않으려 애썼다. 그러나 그가 생각하기에 이미 반 시간은 훌쩍 지난 듯했는데도 아직 자드리노 숲이 보이지 않았다. 십여 분이 더 흘렀지만 숲은 여전히 나타나지 않았다. 그는 깊은 골짜기들이 얽힌 들판을 헤매고 있었다. 눈보라는 잦아들지 않았고 하늘도 갤 기미가 없어 보였다. 말은 지쳐갔고 그는 계속해서 허리까지 오는 눈을 헤치고 오느라 온몸에서는 땀이 비 오듯 쏟아졌다.

　마침내 그는 자신이 다른 방향으로 가고 있다는 사실을 깨달았다. 블라디미르는 말을 멈추고 기억을 더듬으며 곰곰이 생각했다. 그러고는 오른쪽으로 방향을 틀어야 한다는 결론에 이르렀다. 그는 고삐를 돌렸다. 말은 간신히 걸음을 뗐다. 그는 벌써 한 시간이 넘도록 눈길 위에 있었다. 자드리노는 가까이에 있어야 했다. 그러나 가고 또 가도 들판은 끝없이 이어졌고, 온통 눈더미와 골짜기뿐이었다. 썰매는 쉴 새 없이 뒤집어졌고, 그는 쉴 새 없이 썰매를 끌어 올렸다. 시간은 흘러가고 있었다. 블라디미르는 극심한 불안을 느꼈다.

그때 한쪽에서 무언가가 검게 어른거렸다. 블라디미르는 그쪽으로 방향을 돌렸다. 가까이 다가가 보니 숲이었다. 다행이다, 이제 가까이 왔구나, 그렇게 생각했다. 그는 곧바로 익숙한 길로 들어서거나, 숲을 돌아 나갈 수 있기를 바라며 숲 가장자리를 따라 달렸다. 자드리노는 바로 숲 너머에 있었다. 곧 길이 나타났고, 그는 헐벗은 겨울 숲의 어둠 속으로 들어섰다. 그곳에서는 바람이 사납게 불지 못했고 길도 평탄했다. 말은 기운을 차렸고, 블라디미르도 마음을 놓았다.

그러나 아무리 가도 자드리노는 보이지 않았다. 숲은 끝이 없었다. 블라디미르는 자신이 낯선 숲으로 들어섰다는 것을 깨닫고는 공포에 질려 절망에 사로잡혔다. 그는 말을 채찍질했다. 가엾은 짐승은 빠르게 내달리는가 싶더니 곧 지쳤고, 십오 분쯤 지나자 불운한 블라디미르의 온갖 노력에도 불구하고 느릿느릿 걷기 시작했다.

조금씩 나무가 드물어지더니 마침내 그는 숲을 벗어났다.

그럼에도 자드리노는 보이지 않았다. 자정 무렵이 된 것 같 았다. 그의 눈에서 눈물이 솟구쳤다. 그는 되는 대로 달리기 시작했다. 눈보라가 잦아들고 먹구름이 흩어졌다. 그의 앞 에는 물결 모양의 하얀 평원이 양탄자처럼 펼쳐졌다. 매우 청명한 밤이었다. 멀지 않은 곳에 농가 너덧 채가 모여 있는 작은 마을이 보였다. 블라디미르는 그곳으로 갔다. 첫 번째 오두막 앞에 이르자 그는 썰매에서 뛰어내려 창문으로 달려 가 두드렸다. 몇 분 뒤 나무 덧창이 올라가고, 흰 턱수염을 기른 노인이 얼굴을 내밀었다.

"무슨 일이시오?"

"자드리노가 먼가?"

"자드리노가 머냐고요?"

"그래, 그래! 먼가?"

"안 멀어요. 한 10베르스타만 가면 돼요." 이 대답을 듣고 블라디미르는 머리카락을 움켜쥔 채, 사형선고를 받은 사람 처럼 꼼짝도 하지 않았다.

"어디서 온 분이신지?" 노인이 말을 이었다. 블라디미르 는 질문에 대답할 정신이 없었다.

"노인장." 그가 말했다. "자드리노까지 갈 말을 구해줄 수 있겠나?"

"우리한테 말이 어딨겠소." 농부가 대답했다.

"그럼 길 안내인이라도 구할 수 없을까? 얼마든지 사례하겠네."

"기다리시오." 노인은 덧창을 내리며 말했다. "아들놈을 보내지요. 그 아이가 안내할 거요." 블라디미르는 기다렸다. 그는 일 분도 지나지 않아 다시 창문을 두드렸다. 덧창이 올라가고 흰 턱수염이 보였다.

"또 무슨 일이시오?"

"아들은 어떻게 된 건가?"

"곧 나갈 거요. 신발을 신고 있소. 몸이 언 것 같은데, 들어와서 몸 좀 녹이시우."

"고맙네만 어서 아들이나 내보내주게."

대문이 삐걱 소리를 냈다. 젊은이가 막대기 하나를 들고 나와 앞장서서 눈더미를 헤치며 파묻힌 길을 찾아냈다.

"몇 시지?" 블라디미르가 물었다.

"이제 곧 날이 샐 겁니다." 하고 젊은 농부가 대답했다. 블라디미르는 더 이상 한마디도 하지 않았다.

그들이 자드리노에 이르렀을 때, 닭이 울고 있었고 이미 날이 밝아 있었다. 교회는 잠겨 있었다. 블라디미르는 안내인에게 돈을 건네고 사제 관사로 향했다. 마당에 있어야 할 그의 삼두마차가 보이지 않았다. 어떤 소식이 그를 기다리고 있었을까!

그러나 이제 우리는 선량한 네나라도보의 지주들에게로 돌아가, 그들에게 무슨 일이 벌어지고 있는지 보도록 하자.

그러나 아무 일도 없다.

노부부는 잠에서 깨어 거실로 나왔다. 가브릴라 가브릴로비치는 실내모를 쓰고 융 옷감의 웃옷을 걸쳤고 프라스코비야 페트로브나는 솜을 넣은 실내 가운 차림이었다. 사모바르*가 놓였고 가브릴라 가브릴로비치는 하녀를 보내 마리야 가브릴로브나의 몸 상태가 어떤지, 잠은 잘 잤는지 알아보게 했다. 하녀는 돌아와 아가씨가 잠을 설쳤지만 지금은 좀 나아졌고 곧 거실로 나올 것이라고 말했다. 정말로 문이 열리고 마리야 가브릴로브나가 다가와 부모에게 인사를 드렸다.

"머리는 좀 어떠냐, 마샤?" 가브릴라 가브릴로비치가 물었다.

"나아졌어요, 아빠." 마리야가 대답했다.

"마샤, 아마도 어제 네가 석탄 가스를 마신 게야." 프라스코비야 페트로브나가 말했다.

---

* **사모바르** 러시아의 물 끓이는 주전자.

"그럴지도 몰라요, 엄마." 마리야가 대답했다.

하루는 무사히 지나갔지만 밤이 되자 마리야는 앓아누웠다. 의원을 부르기 위해 읍내로 사람을 보냈다. 의원은 저녁 무렵 도착해 헛소리를 하는 환자를 진찰했다. 심한 열병 증상이 나타났고 가엾은 환자는 두 주 동안이나 죽음의 문턱을 넘나들었다.

집안에서는 아무도 도주 계획을 모르고 있었다. 전날 써두었던 편지들은 불태워졌고, 하녀는 주인들의 노여움이 두려워 입을 다물었다. 사제와 퇴역 기병 소위, 콧수염 난 토지측량사, 어린 창기병 역시 입을 다물었는데, 거기에는 다 나름의 이유가 있었다. 마부 테레쉬카는 절대로, 술에 취했을 때조차도 쓸데없는 말을 하지 않는다. 이렇게 해서 여섯 명이 넘는 공모자들 덕분에 비밀은 지켜졌다. 그러나 마리야 가브릴로브나 자신은 계속되는 섬망 속에서 그 비밀을 입 밖에 내고 있었다. 그렇지만 그녀의 말은 너무나 앞뒤가 맞지 않아, 침대 곁을 떠나지 않던 어머니가 알아들을 수 있었던 것은, 딸이 블라디미르 니콜라예비치와 치명적인 사랑에 빠졌으며, 아마도 그 사랑이 병의 원인이라는 사실뿐이었다. 그녀는 남편과 몇몇 이웃과 상의했다. 모두가 한목소리로 말했다. 마리야 가브릴로브나의 운명이 그렇게 정해졌나

보다, 정해진 배필은 말을 타고서 피해 갈 수 없다, 가난은 죄가 아니다, 재산과 함께 사는 것이 아니라 사람과 함께 사는 것이다, 등등의 결론을 내렸다. 이런 교훈적인 격언은 우리가 자신의 결정을 정당화할 적당한 구실이 생각나지 않을 때 놀랄 만큼 유용한 법이다.

그 사이 아가씨는 회복이 되었다. 블라디미르는 오래전부터 가브릴라 가브릴로비치의 집에 모습을 보이지 않았다. 그는 의례적인 냉담한 대접에 겁을 먹고 있었다. 사람을 보내 그를 불러서 뜻밖의 희소식, 말하자면 결혼을 허락한다는 소식을 전하게 했다. 그러나 그들의 초대에 대한 응답으로 그에게서 반쯤 미친 듯한 편지를 받아 들었을 때 네나라도보의 지주들이 느낀 놀라움이 어떠했겠는가! 그는 그 집에 발을 들여놓는 일은 결코 없을 것이라고 선언하였다. 죽음만이 유일한 희망으로 남아 있는 이 불행한 사람을 잊어 달라고 부탁했다. 며칠 뒤, 블라디미르가 군대로 떠났다는 소식이 전해졌다. 그것은 1812년*의 일이었다.

이 사실을 회복 중이던 마리야에게 한동안 알릴 수 없었다. 그녀는 단 한 번도 블라디미르에 관해 언급하지 않았다.

---

* 1812년은 프랑스 나폴레옹이 러시아를 침략한 해이다. 이후 나폴레옹은 참패하고 몰락의 길로 들어서게 된다.

몇 달 뒤 그녀는 보로디노 전투*에서 공을 세운 중상자 명난에서 그의 이름을 발견하고는 정신을 잃었고, 사람들은 다시 그녀의 열병이 도지지는 않을까 두려워했다. 그러나 다행히도 기절은 아무런 후유증을 남기지 않았다.

그 뒤 또 다른 슬픔이 그녀를 찾아왔다. 가브릴라 가브릴로비치가 모든 재산을 그녀에게 남기고 세상을 떠난 것이다. 그러나 유산은 그녀에게 아무런 위로가 되지 못했다. 그녀는 가엾은 프라스코비야 페트로브나의 비애를 진심으로 함께 나누었고, 결코 그녀를 떠나지 않겠다고 맹세했다. 두 사람은 슬픈 기억이 서린 네나라도보를 떠나, ***스코예 영지로 가서 살았다.

그곳에서도 신랑감들이 사랑스럽고 부유한 이 신붓감 주변을 맴돌았다. 하지만 그녀는 누구에게도 아주 작은 희망조차 주지 않았다. 어머니는 때때로 남자 친구를 골라보라고 권했지만, 마리야 가브릴로브나는 고개를 젓고는 깊은 생각에 잠기곤 했다. 블라디미르는 이미 이 세상 사람이 아니었다. 그는 프랑스군이 입성하기 전날 모스크바에서 사망

했다. 마리야에게 그에 대한 추억은 신성한 것처럼 보였다. 한때 그가 읽었던 책들이며, 그의 그림들, 그녀를 위해 그가 베껴 준 악보와 시 등 그를 떠올리게 할 수 있는 모든 것을 소중히 간직하고 있었다. 이 모든 사실을 알게 된 이웃들은 그녀의 일편단심에 놀라워하며 이 처녀가 간직한 아르테미자*의 슬픈 정절을 꺾을 영웅이 나타나기를 고대했다.

그사이 전쟁은 영광스럽게 끝이 났다. 우리의 군대가 돌아왔다. 사람들은 그들을 맞으러 달려 나갔다. 군악대는 비브 앙리 콰트르**, 티롤의 왈츠들, 〈조콩드〉의 아리아*** 같은 전리품으로 가져온 노래들을 연주했다. 거의 소년일 때 출정했던 장교들은 전쟁의 공기 속에서 장성하여 십자 훈장을 달고 놀아왔다. 병사들은 독일어와 프랑스어 단어를 연신 섞어가며 즐겁게 이야기를 나누었다. 잊을 수 없는 시절이여! 영광과 환희의 시절이여! '조국'이라는 말에 러시아인의 심장은 얼마나 힘차게 뛰었던가! 재회의 눈물은 얼마나 달콤했던가! 우리는 얼마나 한마음으로 민족적 자긍심과 황제에 대한 사랑을 하나

---

* **아르테미자** 기원전 4세기 할리카르나소스의 왕 마우솔로스의 미망인으로, 남편을 잃고 슬픔을 이기지 못한 지극히 정절 있는 아내의 전형으로 여겨졌다.

** 프랑스 희극 〈앙리 4세의 사냥 나들이〉에 들어 있는 노래 구절들.
*** 오페라 〈조콩드, 또는 모험을 찾는 사람〉에 들어 있는 아리아들.

로 합쳤던가! 황제에게는 또 얼마나 멋진 순간이었던가!

여인들, 그때의 러시아 여인들은 참으로 비할 데 없이 빼어났다. 그들의 평소 냉담함은 사라졌고, 승리자들을 맞아 "만세!"를 외치며,

하늘 높이 머릿수건을 던졌을 때[*]

그들의 열광은 정말 감동적이었다.

그 시절의 장교들 중 러시아 여성에게서 가장 고귀하고 값진 보상을 받았노라고 고백하지 않을 사람이 과연 누가 있겠는가?

이 찬란한 시기에 마리야 가브릴로브나는 어머니와 함께 ***주에서 살고 있어서, 두 수도에서 군대의 귀환을 어떻게 축하했는지는 보지 못했다. 그러나 군(郡)과 촌에서 온 주민들의 열광은 어쩌면 더욱 뜨거웠을지도 모른다. 그런 곳에 장교가 등장하면 그는 진정한 승리자였고, 연미복 차림의 연인은 그의 곁에서 초라해지기 일쑤였다.

마리야 가브릴로브나의 냉담함에도 불구하고 여전히 구

[*] 알렉산드르 세르게예비치 그리보예도프의 희극 〈지혜의 슬픔〉의 한 대목에서 인용한 구절이다.

혼자들에게 둘러싸여 있었다는 사실은 이미 말한 바 있다. 그러나 그녀의 성(城)에 부상당한 기병 대령 부르민이 나타나자 모두 물러나야 했다. 그는 단춧구멍에 성 게오르기 훈장을 달고 있었고, 이곳 아가씨들 말에 따르면 '흥미로운 창백함'을 띠고 있었다. 그의 나이는 스물여섯 살쯤이었다. 그는 휴가를 얻어 마리야 가브릴로브나의 마을 바로 이웃에 있는 자신의 영지로 온 참이었다. 마리야 가브릴로브나는 그를 매우 각별하게 대했다. 그의 앞에서는 평소의 수심 어린 기색도 한결 누그러졌다. 그렇다고 그녀가 교태를 부렸다고는 할 수 없었다. 그러나 그녀의 태도를 지켜본 시인이라면 아마 이렇게 말했을 것이다.

이것이 사랑이 아니면 무엇이랴?*

부르민은 실제로 매우 사랑스러운 젊은이였다. 그는 여성의 마음을 사로잡는, 바로 그런 지성을 지니고 있었다. 예의 바르고 관찰력이 뛰어났으며, 허세라곤 없었고 농담도 자연스럽게 건넬 줄 알았다. 마리야 가브릴로브나를 대하는 그

* 이탈리아 시인 프란체스코 페트라르카의
제132번 소네트에 나오는 시구.

의 태도는 소박하고도 자유로웠다. 그러나 그녀가 무슨 말을 하든, 어떤 행동을 하든 그의 시선과 마음은 늘 그녀를 따라가고 있었다. 겉으로는 조용하고 겸손해 보였지만, 소문에 따르면 한때는 대단한 난봉꾼이었다고 한다. 그렇다 해도 마리야 가브릴로브나가 그에 대해 품은 생각에는 아무런 흠이 되지 않았다. 대개 모든 젊은 여성이 그러하듯, 용기와 열정을 보여주는 장난쯤은 기꺼이 용서할 준비가 되어 있었던 것이다.

그러나 무엇보다도―그의 다정함보다도, 즐거운 대화보다도, 흥미로운 창백함보다도, 붕대를 감은 팔보다도―그녀의 호기심과 상상력을 가장 강하게 자극한 것은 젊은 기병 대령의 침묵이었다. 그가 자신을 무척 마음에 들어 한다는 사실은 부인할 수 없었다. 필시 그 또한 자신의 지성과 경험으로 그녀가 자신을 각별하게 대하고 있음을 이미 눈치챘을 터였다. 그렇다면 어째서 지금까지 그는 그녀의 발아래 무릎 꿇지 않는 것일까. 왜 그의 고백은 들려오지 않는 것일까? 무엇이 그를 망설이게 하는 것일까? 진정한 사랑과 늘 함께 오는 수줍음인가, 자존심인가, 아니면 교활한 바람둥이의 교묘한 유혹인가? 그것은 그녀에게 하나의 수수께끼였다. 곰곰이 생각한 끝에 그녀는 수줍음이 유일한 원인

일 것이라고 결론지었다. 그리고 더 많은 관심으로, 때로는 다정함으로 그의 용기를 북돋우기로 마음먹었다. 그녀는 전혀 예상치 못할 결말을 준비하며, 낭만적인 고백의 순간을 초조하게 기다렸다. 비밀이란 어떤 종류의 것이든 늘 여인의 마음을 힘들게 하는 법이다. 그녀의 전략은 소기의 성과를 거두었다. 적어도 부르민이 깊은 사색에 잠기고, 불타오르는 검은 눈길이 그녀에게 머무는 것으로 보아, 결단의 순간이 이미 가까워진 듯했다. 이웃들은 이미 결혼을 끝난 일처럼 이야기했고 선량한 프라스코비야 페트로브나는 마침내 딸이 어울리는 짝을 찾았다는 사실에 기뻐했다.

어느 날 노부인이 거실에 혼자 앉아 카드 패를 펼쳐 놓고 있는데 부르민이 들어와 곧장 마리야 가브릴로브나에 관해서 물었다.

"그 아이는 정원에 있네." 노부인이 대답했다. "가보게, 나는 여기서 기다리고 있겠네." 부르민은 나갔고 노부인은 성호를 그으며 생각했다. 필시 오늘로써 일이 끝나겠구나!

부르민은 연못가 버드나무 아래에 있는 마리야 가브릴로브나를 발견했다. 손에 책을 들고 하얀 드레스를 입은 모습은 마치 소설 속 여주인공 같았다. 가벼운 안부를 물은 뒤 마리야 가브릴로브나는 일부러 대화를 중단했고, 침묵은 서로를 당혹스럽게 만들었다. 그 상황에서 벗어나는 방법은 오로지 갑작스럽고 결정적인 고백뿐이었다. 그리고 실제로 그렇게 되었다. 침묵의 어색함을 견디지 못한 부르민은 오래전부터 마음을 털어놓을 기회를 찾고 있었다며 잠시 귀를 기울여달라고 청했다. 마리야 가브릴로브나는 책을 덮고 눈을 내리깔았다.

"저는 당신을 사랑합니다." 부르민이 말했다. "당신을 열정적으로 사랑합니다⋯."

마리야 가브릴로브나는 얼굴을 붉히고 고개를 더욱 깊이 숙였다.

"제가 경솔했습니다. 매일 당신을 보고, 당신의 목소리를 듣는 달콤한 습관에 빠져버렸습니다⋯."

마리야 가브릴로브나는 그 순간 생프뢰의 첫 번째 편지*를 떠올렸다.

"이제 제 운명을 거스르기에는 이미 너무 늦어버렸습니다. 당신의 추억, 당신의 비길 데 없이 사랑스러운 모습은 이제부터 제 삶의 고통이자 위안이 될 것입니다. 그러나 제게는 아직 무거운 의무가 하나 남아 있습니다. 무서운 비밀

* 장자크 루소의 서간체 소설 《쥘리 또는 신 엘로이즈》에 나오는 편지를 말한다.

을 당신께 밝히고 우리 사이에 넘을 수 없는 장벽을 세워야
하는 의무가….”

“그 장벽은 언제나 존재했었어요.” 마리야 가브릴로브나
가 활기를 띠며 말을 끊었다. “저는 결코 당신의 아내가 될
수 없었어요….”

“알고 있습니다.” 그는 조용히 대답했다. “한때 당신이 사
랑을 하셨다는 것을 알고 있습니다. 그 사람이 세상을 떠난
뒤 삼 년 동안 비탄에 잠겨 계셨던 것도…. 착하고 사랑스러
운 마리야 가브릴로브나, 제게 마지막 위안마저 빼앗지 말
아 주십시오. 사정이 달랐다면, 당신이 저를 행복하게 해주
셨을 거라는 생각만으로도 저는 위안을 얻습니다. 아무 말
도 밀아 주세요. 제발, 아무 말도 하지 마세요. 당신으로 인
해 제 가슴은 갈가리 찢어집니다. 네, 저는 압니다. 느낍니
다. 당신이 제 사람이 되었을 것임을. 그러나 저는 세상에서
가장 불행한 사람이지요. 저는 이미 결혼한 몸입니다!”

마리야 가브릴로브나는 놀란 눈으로 그를 바라보았다.

“저는 결혼했습니다.” 부르민은 계속해서 말했다. “벌써
사 년째 됩니다. 그러나 제 아내가 누구인지, 어디에 있는
지, 그녀를 다시 만날 수 있는지조차 모릅니다!”

“무슨 말씀을 하시는 거예요?” 마리야 가브릴로브나가 외

쳤다. "어떻게 그런 이상한 일이! 계속하세요. 제 이야기는 나중에 할 테니… 계속하세요, 부디."

부르민이 말했다.

"1812년 초에 저는 우리 군이 주둔해 있던 빌나로 서둘러 가고 있었습니다. 어느 날 늦은 저녁 역참에 도착해 말을 매 라고 명령했는데, 갑자기 끔찍한 눈보라가 몰아쳤습니다. 역참지기와 마부들은 눈보라가 그칠 때까지 기다리라고 했 지만, 알 수 없는 불안이 저를 사로잡았습니다. 마치 누군가 가 제 등을 떠미는 것 같았지요. 그 사이에도 눈보라는 잦아 들지 않았습니다. 저는 참을 수가 없었고 다시 말을 매라고 명하고는 눈보라 속으로 나섰습니다. 마부는 얼어붙은 강을 따라가면 3베르스타쯤 길을 단축할 수 있을 거라 했습니다. 그러나 강둑은 눈으로 덮여 있었고 마부는 길로 빠지는 지 점을 지나쳐버렸습니다. 정신을 차려보니 낯선 곳이었지요. 눈보라는 가라앉지 않았습니다. 그때 멀리 불빛 하나가 보 였습니다. 그리로 가라고 명했고, 우리는 한 마을에 이르렀 습니다. 목조 교회에 불이 켜져 있었고, 교회 문은 열려 있 으며, 울타리 밖에는 썰매 몇 대가 서 있었습니다. 입구에는 사람들이 왔다 갔다 하고 있었습니다. '이쪽이오, 이쪽!' 여 러 목소리가 외쳤습니다. 나는 마부에게 말을 가까이 대라고 일렀습니다. '대체 어디서 그렇게 꾸물거린 건가?' 누군 가가 저에게 말했습니다. '새색시는 기절했고 신부님은 어찌할 바를 모르고 있네. 우리는 막 돌아가려던 참이었고. 어서 나오게나.' 저는 아무 생각 없이 썰매에서 내려 교회 안으로 들어갔습니다. 촛불 두어 개로 희미하게 밝힌 교회의 어두운 구석 긴 의자에 한 아가씨가 앉아 있었고, 다른 아가씨가 그녀의 관자놀이를 문지르고 있었지요. '천만다행이에요.' 그 아가씨가 말했습니다. '겨우 도착하셨군요. 하마터면 아가씨를 죽게 할 뻔했어요.' 늙은 사제가 제게 다가와 물었습니다. '시작할까요?' '시작하세요, 시작하세요, 신부님.' 저는 아무 생각 없이 대답했습니다. 사람들이 아가씨를 일으켜 세웠습니다. 그녀의 모습은 나쁘지 않아 보였습니다. 이해할 수도 용서할 수도 없는 경솔함이었습니다. 우리는 제단 앞에 나란히 섰습니다. 사제는 서둘렀고, 세 남자와 하녀는 신부를 붙들고 그녀를 돌보느라 여념이 없었습니다. 우리는 결혼식을 올렸던 것입니다. '입을 맞추세요.'라고 하더군요. 제 아내는 창백한 얼굴을 제게로 돌렸습니다. 제가 그녀에게 입을 맞추려는 순간… 그녀가 비명을 질렀어요. '아, 그가 아니에요! 그가 아니에요!' 그리고 정신을 잃고 쓰러졌지요. 증인들은 놀란 눈으로 저를 바라보았습니다. 저는 아무 말도 하지 않고 돌아섰습니다. 제지하는 사람도 없었습니다. 썰매에 올라 외쳤습니다. '가자!'"

"세상에!" 마리야 가브릴로브나가 외쳤다. "그래서 당신은, 그 불쌍한 당신의 아내가 어떻게 되었는지 모르신다는 말씀이세요?"

"모릅니다." 부르민이 대답했다. "결혼식을 올린 마을 이름도 모르고, 어느 역참에서 출발했는지도 기억이 안 납니다. 그때 저는 범죄와도 같은 저의 장난을 대수롭지 않게 여겼습니다. 그래서 교회를 떠난 뒤 곧 잠이 들었고, 다음 날 아침 세 번째 역참에 도착해서야 눈을 떴습니다. 그때 저와 함께 있었던 하인은 전쟁 중에 죽어버려서 제가 그토록 잔인하게 장난쳤던 그 여인을, 저에게 그토록 잔인하게 복수하고 있는 그 여인을, 이제 찾아낼 희망조차 제겐 없습니다."

"세상에, 세상에 이럴 수가!" 마리야 가브릴로브나가 그의 손을 잡으며 말했다. "그러니까 바로 당신이었군요! 저를 못 알아보시겠어요?"

부르민의 얼굴이 새하얗게 되었다. 그리고 그는 그녀의 발아래 무릎을 꿇었다.

늙은 사과 장수

The Old Apple-Deale

너새니얼 호손(Nathaniel Hawthorne, 1804~1864)

미국 매사추세츠 출신, 인간 내면의 원죄와 도덕적 갈등을 상징주의적 기법으로 파헤친 19세기 미국 문학의 대표 작가다. 《주홍 글자》, 《일곱 박공의 집》, 《큰 바위 얼굴》 등에서 고립된 개인의 심리와 죄의 문제를 치밀한 우화적 문체로 탐구했다. 청교도적 전통과 인간 본성의 어둠을 동시에 담아낸 그의 작품은 당대 뉴잉글랜드 문인들에게 경의를 받았으며, 미국 심리 소설의 선구자로서 문학사에 깊은 족적을 남겼다.

—

　인간의 삶이 만들어내는 풍경을 음미하는 이는 때로, 눈에 띄는 성격이나 개성조차 없어 말로 그려 내기 어려운 인물에게서도 자신이 찾던 무언가를 발견하곤 한다. 그 한 예로, 나는 우리 철도의 어느 역에서 진저브레드와 사과를 파는 한 노인을 기억한다. 기차가 출발하기를 기다리는 동안, 생동감 넘치는 역사의 풍경 사이를 이리저리 옮겨 다니던 나의 시선이 나도 모르는 사이에 무채색에 가까운 이 대상에게 머물곤 했다. 그렇게 나조차 의식하지 못한 채, 그리고 노인에게 들키지도 않은 채, 나는 이 늙은 사과 장수를 관찰해 왔고, 어느덧 그는 내 내면 세계의 시민이 되었다. 가엾고, 돌봐주는 이도 없고, 벗 하나 없는 데다, 남의 눈길을 끌 만한 구석이라고는 거의 없는 자신을 두고, 전혀 알지 못하는 한 낯선 이의 시선이 자신의 뒷모습에 그토록 자주 머물렀다는 사실을 그가 과연 상상이나 했을까. 셀 수 없이 많은 고귀한 형상과 아름다운 얼굴들이 내 앞을 스쳐 지나 사라졌건만, 이 빛바랜 얼굴의 평범한 노인이 내 기억 한 켠을 차지하게 된 것은 참으로 기묘한 마법과도 같은 일이다.

그는 백발에 회색 수염이 듬성듬성 난 작은 체구의 사내로, 빛바랜 짙은 갈색의 낡은 외투를 늘 끝까지 단단히 여며 입고 있었고, 그 옷자락은 회색 바지를 절반쯤 가리고 있었다. 옷차림은 전체적으로 깨끗하고 해진 곳도 없었으나, 오래 입어 천이 눈에 띄게 얇아 보였다. 얼굴은 여위고 말라 있으며 주름이 깊고, 세월조차도 인상적으로 만들어 주지 못한 특징 없는 이목구비를 하고 있다. 그 얼굴에는 얼어붙은 듯한 기색이 서려 있다. 그것은 육체적인 온기나 안락함으로는 결코 누그러뜨릴 수 없는 삶에 스며든 냉기였다. 여름 햇살이 눈이 부신 열기를 내리쬐든 겨울날 대합실의 화롯불이 그에게 온기를 쏟든 모두 헛일이다. 늙은 사과 장수는 여전히 차가운 공기 속에 있는 듯 보이고, 심장 근처에 겨우 생명을 붙들 만큼의 온기만이 남아 있는 것처럼 느껴진다. 그것은 오래 참고 견디는, 고요하면서도 희망이 없는, 미세하게 떨리는 상태다. 그를 '절망적'이라 부르기에는, 그 말이 지닌 의미를 생각하더라도 지나치게 단정적이다. 그는 그저 희망이 없을 뿐이다. 아마도 그의 지난 삶 전체가 기억할 만한 빛나는 흔적 하나 남기지 못했듯이, 그는 지금의 가난과 불편함을 지극히 당연한 것으로 받아들인다. 그 자신에게 있어서는, 가난하고 춥고 불편한 상태로 살아가는 것이 곧 삶의 본래 모습이라고 여기는 듯하다. 덧붙이자면, 세월은 이 노인의 모습 위에 존엄이라는 망토를 걸쳐주지 않았다. 그에게는 경외심을 불러일으킬 만한 구석이 전혀 없으며, 우리는 아무런 거리낌 없이 그를 가엾게 여길 뿐이다.

그는 역 대합실의 벤치에 앉아 있고, 앞에는 장사 밑천 전부를 담을 수 있는 크기의 바구니 두 개가 놓여 있다. 바구니 사이에는 널빤지 하나가 걸쳐져 있었는데, 그 위에는 케이크와 진저브레드를 담은 접시, 갈색빛이 도는 붉은 사과 몇 개, 그리고 알록달록한 막대사탕이 든 상자가 놓여 있다. 여기에 더해, 아이들이 '지브롤터 록'이라 부르는 맛있는 과자가 흰 종이에 말끔히 싸여 있다. 또 껍데기를 깬 호두를 담은 한 되 남짓한 통 하나와 호두 알맹이를 담은 작은 양철컵 두세 개가 준비되어 있어, 손님이 오면 곧바로 덜어 팔 수 있게 되어 있다.

이와 같은 자잘한 물건들이 바로 우리의 이 늙은 벗이 날마다 세상 앞에 내놓는 전부다. 그는 그것으로 세상의 사소한 필요와 변덕스러운 기호를 충족시키며, 거기서 삶이 허락하는 만큼의 생계를 이어간다.

겉으로 스치듯 보기만 한 사람이라면 이 노인의 고요함을 이야기하겠지만, 조금만 더 들여다보면 그의 내면에는 끊임없는 불안이 흐르고 있음을 알게 된다. 그것은 마치 막 숨이 멎은 몸에서 아직 신경이 가늘게 떨리고 있는 듯한 상태와도 같다. 그는 결코 격렬한 행동을 보이지 않으며, 겉보기에는 가만히 앉아 있는 것처럼 보인다. 그러나 그의 사소한 습관들에 시선이 머물기 시작하면, 그가 언제나 어떤 식으로든 미세한 움직임을 이어가고 있다는 사실을 알아차리게 된다. 그는 케이크가 놓인 접시나 사과를 쌓아 올린 더미를 불안한 눈길로 바라보다가, 마치 반드시 이렇게 놓여 있어야 한다는 듯 그 배열을 살짝 고쳐 놓는다. 그러고는 잠시 창밖을 바라보다가 조용히 몸을 떨며 두 팔을 가슴 앞으로 끌어당긴다. 마치 자기 안으로 더 깊이 웅크려 들어가 외로운 심장 속에 남아 있는 얼마 안 되는 온기라도 붙들어 두려는 듯하다. 이내 다시 자신의 물건들로 시선을 돌리고는, 이 케이크 하나나 저 사과 하나, 혹은 저쪽에 놓인 붉고 흰 막대사탕 하나가 제자리를 벗어나 있지는 않은지 살핀다. 작은 양철 컵에 담긴 호두 알맹이도 하나쯤 많거나 모자라지 않는지 헤아려 본다. 모든 것이 마음에 들게 정돈된 듯 보이다가도, 일이 분도 채 지나지 않아 다시 바로잡아야 할 무언가가 반드시 눈에 띈다. 때로는 그의 얼굴 위에 말로 설명하기 어려운 그늘이 스친다. 너무도 미묘해서 그의 평소 모습을 잘 알지 못한다면 눈치채지 못할 정도다. 그 순간 얼어붙은 듯한 인내와 오래된 체념이 뒤섞인 표정은 보는 이의 마음을 몹시 건드린다. 마치 바로 그 찰나, 자신의 인생이 차갑게 기울어 케이크와 사과와 사탕을 팔아 간신히 연명하는 비참한 노인에 지나지 않다는 생각이 스친 듯한 표정이다.

그러나 설령 그가 그렇게 느낀다 해도, 그것은 착각에 지나지 않는다. 그는 결코 극심한 비참함에까지 이르지 않는다. 그의 존재 전체를 감싼 기운이 지나치게 가라앉아 있어, 무엇 하나 예리하게 느낄 수 없기 때문이다.

가끔 어떤 승객은 지루한 시간을 때우기 위해 노인에게 다가와 널빤지 위에 놓인 물건들을 살피고, 두 개의 바구니 안을 호기심 어린 눈으로 들여다보기도 한다. 또 어떤 이는 대합실을 오가며 발걸음을 옮길 때마다 사과와 진저브레드를 힐끗힐끗 바라본다. 한편 조금 더 예민하고 섬세한 기질을 지닌 듯한 세 번째 승객은, 아직 살 마음이 확실히 서지 않은 채 괜히 구매 의사를 품은 것처럼 보일까 조심하며 노인 쪽을 수줍게 곁눈질한다. 그러나 우리의 이 늙은 벗의 감정을 그렇게까지 배려할 필요는 없어 보인다. 물론 그는 케이크 하나나 사과 하나쯤은 팔릴지도 모른다는 희박한 가능성을 의식하고 있기는 하다. 하지만 수없이 반복된 실망은 그를 어느 정도 철학자로 만들어 놓았기에, 설령 이미 팔린 물건이 반품된다 해도 그는 그것을 지극히 일상적인 일로 받아들일 것이다. 그는 누구에게도 말을 걸지 않고, 자신의 물건을 내보이려는 몸짓도 하지 않는다. 이는 자존심 때문이 아니라, 그런 행동이 손님을 늘려주지 못하리라는 확신 때문이다. 더구나 장사에 적극적으로 나서기 위해서는 일정한 활력이 필요한데, 거의 수동적인 그의 성정을 생각하면 그런 기질은 젊은 시절에도 결코 그의 것이 아니었을 것이다. 실제로 손님이 나타나면 노인은 인내심 어린 눈길로 고개를 든다. 가격과 물건이 마음에 들어 거래가 이루어지면 그는 거스름돈을 내줄 준비를 하고, 그렇지 않으면 눈꺼풀만 다시 슬프게 늘어뜨릴 뿐, 이전보다 더 깊은 낙담에 빠지지는 않는다. 그는 몸을 떨며 여윈 팔로 여윈 몸을 끌어안은 채, 자신의 유일한 힘이라 할 수 있는, 평생에 걸쳐 굳어버린 인내로 다시 돌아간다.

가끔은 한 학생이 급히 다가와 널빤지 위에 일 센트짜리 동전 한두 개를 올려놓고 케이크나 막대사탕 하나, 혹은 호두 한 컵이나 자기 뺨만큼이나 발그스레한 사과 하나를 집어 들기도 한다. 값에 대해서는 말이 오가지 않는다. 파는 사람만큼이나 사는 사람도 이미 잘 알고 있기 때문이다. 이 늙은 사과 장수는 쓸데없는 말을 하지 않는다. 그렇다고 해서 그가 침울하거나 무뚝뚝해서 그런 것은 아니다. 다만 사람들로 하여금 말을 붙이고 싶게 만드는 쾌활함이나 활기가 그에게 전혀 없을 뿐이다.

이따금 그는 형편이 넉넉해 세상살이에 여유가 있는 옛 이웃인 한 노인에게서 인사를 받기도 한다. 그 이웃은 날씨에 대해 정중하면서도 어딘가 생색을 내는 듯한 말을 건넨 뒤, 자선을 베푸는 셈 치고 사과값을 깎으려 들기 시작한다. 우리의 이 늙은 벗은 과거의 친분을 내세우지 않는다. 그는 일반적인 인사말에는 가급적 짧게 대답하고 다시 조용히 자기 안으로 움츠러든다. 물건이 하나라도 팔릴 때마다 그는 바구니에서 케이크나 막대사탕, 사과 또는 호두를 꺼내 팔려 나간 빈자리에 가져다 놓는다. 두세 번, 어쩌면 다섯 번쯤 손을 대고 나서야 비로소 널빤지는 그의 마음에 들게 정돈된다. 만약 은화 하나를 받았다면, 그는 손님이 시야에서 사라질 때까지 기다렸다가 그것을 자세히 살펴보고, 엄지와 검지로 살짝 구부려본다. 그런 다음 마침내 가벼운 한숨과 함께 그것을 조끼 주머니에 넣는다. 이 한숨은 거의 느낄 수 없을 만큼 미미하고 어떤 분명한 감정도 드러내지 않지만, 그의 모든 행동에 뒤따르는 부속물이자 마침표다. 그것은 노년의 냉기와 무기력한 우울을 상징하며, 그의 평온이 조금이라도 흐트러질 때만 비로소 또렷하게 감지된다.

우리의 사과 장수는 흔히 말하는 '한때는 잘나갔으나 지금은 궁핍해진 사람'의 전형은 아니다. 물론 그의 젊은 시절, 아주 먼 과거에는 지금보다 더 낫고 더 밝은 날들이 있었을 것이다. 그러나 그 시절들 가운데 어느 하나도, 노년에 맞닥뜨린 냉기와 우울, 궁핍을 뜻밖의 추락으로 느끼게 할 만큼 눈부신 번영을 담고 있지는 않았을 것이다. 그의 삶은 처음부터 끝까지 한결같았다. 기운 없고 위축된 소년 시절은 결실을 맺지 못한 장년기를 예고했고, 그 장년기 역시 지금의 여위고 무기력한 노년의 모습과 운명을 이미 품고 있었다. 그는 아마도 끝내 제 기술의 주인이 되지 못한 장인이었거나, 그럭저럭 살 만함과 가난 사이를 비벼가며 살아온 소상인이었을 것이다. 어쩌면 저축은행에 백 달러나 이백 달러쯤 들어 있던, 인생에서 가장 잘 풀리던 한 시절을 떠올릴지도 모른다. 그것이 그가 누린 더 나은 행운의 전부였을 것이며, 이 세상에서 거둔 소박한 승리이자 그가 알고 있는 성공의 전부였으리라. 온순하고 겸손하고, 불평 한마디 없는 이 존재는, 그는 신이 허락한 몫 이상을 자신이 누려도 된다고 생각해 본 적이 없었을 것이다. 그렇다면 이 정도만으로도 아직 무언가는 남아 있지 않은가. 그는 자선을 구걸하며 손을 내민 적도 없고, 세상의 버림을 받아 상처 입은 이들이 모여 사는 곳으로 아직 내몰린 적도 없다. 그러므로 그는 자신의 운명이나, 그것을 마련한 신에 대해 어떤 불평도 품지 않는다. 모든 것은 그에게 있어 마땅히 그러해야 할 그대로 있을 뿐이다.

만일 그가 대담하고 활기차며 기력이 넘치는 젊은 아들을 두었고, 그 아들을 먼저 떠나보내는 상실을 겪었더라면, 다시 말해 그 아들이 노인의 나약한 성정을 든든한 지팡이처럼 떠받치던 존재였다면, 그의 마음속에는 지금과는 전혀 다른 종류의 격렬한 고통이 자리했을지도 모른다. 그러나 내 생각에는, 그런 아들을 가졌던 기쁨과 그를 잃는 고통이 있었다면, 지금 우리가 이 노인에게서 발견하는 내면과 사유는 훨씬 더 깊어졌을 것이다. 격렬한 슬픔은 뜨거운 행복만큼이나 그의 삶과는 어울리지 않아 보인다.

솔직히 말하자면, 지금 우리가 다루고 있는 이 노인처럼 개성이 희미한 인물을 정의하고 개별화하는 것은 결코 쉽지 않다. 이 초상은 전체적으로 채도가 낮은 색조 위에 놓여 있어, 아무리 섬세한 연필이라 해도 자칫 지나치게 또렷한 색을 덧입히는 순간 인물의 본질을 훼손하고 만다. 모든 터치는 최대한 절제되어야 한다. 그렇지 않으면 이 인물의 전체 효과에 절대적으로 필요한, 그 가라앉은 톤이 무너져버리기 때문이다. 어쩌면 직접적인 묘사보다 대비를 통해 더 많은 것을 드러낼 수 있을지도 모른다. 이를 위해 나는 또 다른 케이크와 사탕 장수를 떠올린다. 이 사람 역시 기차역 대합실을 터전 삼아 장사를 하고 있다. 이 두 번째 인물은 열 살 남짓한, 영리하고 옷차림도 말끔한 소년으로, 대합실 여기저기를 활기차게 뛰어다니며 당돌한 목소리로 승객들에게 말을 건다. 그러면서도 소년의 말투와 발음에는 어느 정도의 예의도 배어 있다. 이제 그 소년이 내 시선을 붙든다. 그는 귀여울 만큼 당돌한 몸짓으로 대합실을 가로질러 오는데, 그 모습을 보며 나는 꿀밤 한 대 쥐어박고 싶다는 생각이 들 정도다.

"손님, 케이크 어떠세요, 사탕은요?"

아니, 나는 괜찮단다, 애야. 내가 네 활기찬 모습을 흘긋 바라본 것은, 네가 뿜어내는 그 빛을 받아 저쪽에 있는 네 늙은 경쟁자에게 비춰주고 싶었을 뿐이니까.

다시 한번, 이 노인에 대한 나의 이미지에 보다 분명한 현실감을 불어넣기 위해, 나는 기차가 들어오는 가장 극심한 소란의 순간에 그를 바라본다. 기관차가 차고로 돌진해 들어오며 내지르는 비명은 인간이 마법의 주문으로 길들여 짐승처럼 부려 먹는 '증기 괴물'의 울부짖음이다. 그 괴물은 거침없이 질주하며 강을 스치듯 건너고, 숲을 가르며 내달리고, 산맥의 심장부로 파고들며, 도시에서 광야로, 다시 먼 도시로 유성처럼 나타났다 사라지며 달려왔다. 그 모습은 이미 눈앞에서 사라졌는데도, 울려 퍼진 굉음은 여전히 귀를 가득 채운다. 승객들이 떼를 지어 객차에서 쏟아져 나온다. 모두 자신들을 실어 온 기차에서 옮겨붙은 기세와 활력으로 가득 차 있다. 마치 세상이 안팎으로 오랫동안 붙들려 있던 자리에서 풀려나, 급격한 움직임 속에 던져진 듯하다. 그런데 이 무시무시한 활동의 한복판에, 저 늙은 사과 장수가 앉아 있다. 너무도 가라앉고, 희망이 없으며, 삶에 걸어둔 이해관계도 없고, 그렇다고 명백히 비참하다고 말할 수도 없는 상태로, 그는 거기 앉아 있다. 그 외로운 늙은 존재는 차갑고 음울한 날이 하루하루 거듭되는 동안 케이크와 사과와 사탕을 팔아 얼마 되지 않는 동전을 모은다. 짙은 갈색빛과 회색이 뒤섞인 낡은 옷을 입고, 희끗한 수염을 기른 채, 저 늙은 사과 장수가 거기 앉아 있다. 보라. 그는 그 조용한 한숨과 거의 감지되지 않는 떨림과 함께, 여윈 팔로 여윈 몸을 감싸 안고 있다. 그것들은 그의 내면 상태를 드러내는 표식이다. 이제 나는 그를 분명히 보게 되었다. 그는 증기 괴물과 정반대 지점에 있다. 후자가 앞으로만 질주하는 모든 것의 전형이라면, 이 노인은 어떤 슬픈 마법에 걸린 듯, 앞으로만 내달리는 세상의 환희에 결코 합류하지 못하도록 운명 지어진 우울한 부류의 대표다. 이렇게 하여, 세상의 분주한 인간들과 이 고립된 노인 사이의 대비는 하나의 뚜렷한 장면을 이루며, 마침내 숭고함에까지 이른다.

이제 작별을 고하노라, 늙은 벗이여! 인간의 삶을 탐구하는 한 사람이 당신이라는 인물을 두고 얼마나 많은 고독한 사색의 시간을 보냈는지, 당신은 짐작조차 하지 못하겠지. 많은 이들은 당신이 자기 자신을 사랑할 만큼의 특징조차 거의 없다고 말할지도 모른다. 그렇다면 어찌 한 낯선 이의 시선이 당신의 내면에서 감탄할 만한 무언가를 발견할 수 있었겠는가. 그곳에 새겨진 것의 십분의 일만이라도 읽어낼 수 있다면, 그것은 이 세상에서 가장 지혜롭다는 이들이 남긴 모든 책을 합친 것보다도 훨씬 깊고 넓은 의미를 지닌 한 권의 책이 될 것이다. 인간의 영혼과 영원이 품은 소리 없는 심연은, 당신의 가슴을 통해 우리 앞에 드러나기 때문이다. 비록 이 말이 오직 당신 한 사람에게만 해당하는 것일지라도, 지금 인간 존재의 형상이 쇠로 만들어졌거나 다이아

몬드로 깎인 것이 아니라 사라지는 숨결로 빚어져 그 본질이 위로, 무한을 향해 간다는 사실에 대해 신께 감사하지 않을 수 없다. 이 회색빛에 여윈 노인의 모습 안에도 분명 위로 날아오를 영적인 본질이 깃들어 있다. 그렇다. 일생에 걸친 떨림이 그의 존재에서 사라지고, 그가 오랜 세월 동안 내쉬어온 그 고요한 한숨 또한 마침내 영원히 멈추게 될 곳은, 분명 어딘가에는 존재할 것이다.

시골 의사

Ein Landarzt

프란츠 카프카(Franz Kafka, 1892~1927)

체코 프라하 출신, 현대인의 실존적 불안과 관료주의의 부조리함을 독창적인 상상력으로 그려낸 20세기 세계 문학의 선구자다. 《변신》, 《소송》, 《성》 등에서 출구 없는 고립과 인간 소외의 비극을 건조하고 치밀한 문체로 탐구했다. 일상의 기괴함과 보이지 않는 권력의 압박을 동시에 담아낸 그의 작품은 사후 막스 브로트에 의해 세상에 알려졌으며, 인간의 불안을 예견한 작가로서 세계 문학사에서 대체 불가능한 위치를 점한다.

—

　나는 무척 난처했다. 서둘러 길을 나서야 할 참이었다. 한 중환자가 십 마일이나 떨어진 마을에서 나를 기다리고 있었다. 거센 눈보라가 나와 그 환자 사이의 드넓은 공간을 가득 채우고 있었다. 내겐 마차가 한 대 있는데, 가볍고 바퀴도 컸다. 우리네 시골길에 딱 알맞은 것이다. 모피 코트 속에 몸을 묻고 왕진 가방을 손에 쥔 채 떠날 준비를 마치고 마당에 서 있었다. 그런데 말이 없었다, 말이. 내 말은 얼음장처럼 찬 겨울에 혹사당한 탓에 어젯밤 숨이 끊어지고 말았다. 하녀는 말을 빌리려고 마을 여기저기를 돌아다녔다. 그러나 가망 없는 일이라는 걸 나는 알고 있었다. 눈이 계속 쌓여 점점 더 움직일 수 없게 되어 나는 속절없이 서 있었다. 대문 앞에 하녀가 나타났다. 혼자다. 등불을 손에 든 채. 당연하지, 누가 지금 이런 길을 떠나는데 말을 빌려주겠는가? 나는 다시 마당을 이리저리 서성거렸다. 방법이 없었다. 정신이 멍하고 괴로워서 몇 년째 비워둔 돼지우리의 허물어져가는 문을 발로 걷어찼다. 문이 열리면서 경첩이 요동치기 시작했다. 말의 온기와 냄새 같은 것이 풍겨 나왔다.

마구간 안에서는 희미한 등불 하나가 줄에 매달려 흔들리고 있었다. 낮은 칸막이 안에 쪼그려 앉아 있던 한 남자가 순진한 얼굴을 드러냈다. 기어 나오면서 "마차를 준비할까요?" 하고 물었다. 난 무슨 말을 해야 할지 몰랐다. 돼지우리 안에 뭐가 더 있는지 보려고 몸을 굽힐 뿐. 하녀가 내 옆에 서 있었다. "자기 집에 뭘 갖춰두고 사는지 모르는 법이죠." 라고 그녀가 말했고, 우리 둘은 웃었다. "이랴, 형제여, 이랴, 자매여!" 마부가 소리치자, 옆구리가 든든하고 힘이 센 말 두 마리가 차례대로 밀치고 나왔다. 두 다리를 자기 몸쪽에 바짝 붙이고 매끈한 머리를 낙타처럼 숙인 채, 몸통을 꿈틀거리는 힘만으로도 꽉 끼는 문틈을 뚫고 나왔다. 나오자마자 말들은 몸에서 자욱하게 김을 내뿜으며 긴 다리로 똑바로 섰다. "그를 좀 도와주렴." 내가 말하자 말 잘 듣는 하녀가 서둘러 마부에게 마구간의 장구들을 건네려 했다. 그런데 하녀가 그에게 다가가자마자, 마부는 하녀를 꽉 껴안더니 자기 얼굴을 그녀의 얼굴에 처박았다. 하녀는 비명을 지르면서 내 쪽으로 달려왔다. 하녀의 뺨에는 빨갛게 찍힌 이빨 자국 두 줄이 선명했다. "이 짐승 같은 자식!" 나는 분노하여 소리 질렀다. "채찍 맛을 보고 싶으냐?" 하지만 곧 그가 낯선 사람이라는 사실이, 그가 어디에서 왔는지도 모른다는 사실이, 그리고 다른 모두가 거절할 때 자발적으로 나를 도와주고 있다는 사실이 떠올랐다. 그는 내 생각을 알고 있다는 듯 나의 위협을 대수롭지 않게 여겼고, 그저 계속 말을 돌보며 나를 한 번 돌아볼 뿐이다. "타시죠." 그가 말했다. 과연 모든 것이 준비되어 있었다. 여태껏 이토록 훌륭한 마차를 타본 적이 없다는 생각이 들었고, 나는 즐거운 마음으로 올라탔다. "마차는 내가 몰겠네, 자네는 길을 모르니." 내가 말했다. "물론이죠, 전 가지 않고 로자와 함께 남겠습니다." 그가 말했다. "안 돼!" 로자가 소리쳤다. 자기 운명을 피할 수 없음을 직감한 듯 하녀는 집 안으로 뛰어 들어갔다. 문고리를 거는 쇳소리가 들리고, 자물쇠가 채워지는 소리가 들린다. 그녀가 복도와 방들을 가로질러 뛰어다니며 자기를 찾지 못하도록 불을 전부 끄는 것이 보인다. "자네도 같이 가야 하네." 내가 마부에게 말한다. "안 그러면 길 떠나는 걸 포기하겠어. 아무리 급한 일이라도 자네에게 하녀를 몸값으로 내줄 수는 없네." 마부가 손뼉을 치면서 "이랴!" 하고 말하자, 마차가 물살에 휩쓸린 나무토막처럼 홱 채여 나갔다. 마부의 공격에 내 집 문이 부서지고 쪼개지는 소리가 아직도 들리는 듯하다. 그러더니, 곧 내 눈과 귀는 모든 감각을 메우는 윙윙거림으로 가득 찼다. 하지만 그것도 잠시 뿐이었다. 마치 내 집 대문 바로 앞에 환자의 집 마당이 열린 것처럼 어느새 나는 도착해 있었다. 말들은 평온하게 서 있고, 눈은 멈췄으며 사방은 달빛이다. 환자의 부모가 집에서 급히 나오고 그 뒤로 누이가 따른다. 그들이 나를 마차에서 거의 낚아채듯 끌어내린다. 그들의 횡설수설하는 말들로부터는 아무것도 알아낼 수 없다. 환자의 방 안 공기는 숨쉬기가 거의 불가능할 정도다. 방치된 화덕에서는 연기가 난다. 창문을 열어젖혀야겠다. 하지만 먼저 환자를 보아야 한다. 여위었다. 열은 없고. 온기가 없다. 한기도 없다. 초점 없는 눈을 한 소년은 셔츠도 입지 않은 채 깃털 이불 아래서 몸을 일으키더니 내 목에 매달려 귀에 속삭인다. "의사 선생님, 저를 죽게 내버려두세요." 나는 주위를 둘러본다. 아무도 듣지 못했다. 부모는 말없이 몸을 굽힌 채 내 진단을 기다리고, 누이는 내 가방 놓을 의자를 가져온다. 내가 가방을 열어 진료 기구를 뒤적이는 동안 소년은 자기 부탁을 상기시키려는 듯 침대에서 계속 나를 더듬는다. 핀셋 하나를 집어 촛불에 비춰보고는 다시 내려놓는다. '그러마.' 나는 냉소적으로 생각한다. '이런 경우엔 신들이 도와주는 법이지. 없던 말을 보내주고, 급하다고 말 한 마리를 더 얹어주고, 과분하게도 마부까지 덤으로 주시니.' 그제야 다시 로자가 생각난다. 어쩌지, 그녀를 어떻게 구하며 저 마부한테서 어떻게 빼낸단 말인가? 그녀와는 십 마일이나 떨어져 있고, 마차에는 통제할 수 없는 말들이 매여 있는데? 어느새 고삐를 늦춘 말들이 어떻게 했는지 창문을 밖에서 밀쳐 열고는, 가족들의 비명에도 아랑곳하지 않고 창 안으로 머리를 들이밀어 환자를 쳐다본다. '금방 돌아가야지.' 마치 말들이 떠나자고 재촉하는 것 같았다. 내가 열기 때문에 정신이 나갔다고 생각한 누이가 내 모피 코트를 벗겨가는 것을 내버려둔다. 럼주 한 잔이 놓이고 노인이 내 어깨를 두드린다. 소중한 보물을 내놓았으니 이런 친한 척도 허용된다는 투다. 나는 고개를 젓는다. 노인의 좁디 좁은 생각 속으로 들어가자니 구역질이 날 것 같아 술을 거절한다. 어머니가 침대 곁에서 나를 부르고, 나는 그녀를 따른다. 말 한 마리가 천장을 향해 크게 울부짖는 동안 소년의 가슴에 머리를 대본다. 내 젖은 수염 아래서 소년이 파르르 떤다. 내가 알고 있던 사실이 확인된다. 소년은 건강하다. 혈액 순환이 다소 좋지 않고, 걱정 많은 어머니가 커피를 너무 많이 먹였을 뿐이다. 침대에서 건어차 밖으로 내쫓는 게 가장 좋은 처방일 것이다. 나는 세상을 고치는 사람이 아니기에 그를 그냥 눕혀둔다. 나는 관할 구역에 고용된 몸이며, 내 의무를 한계까지 수행한다. 박봉이지만 가난한 이들에게는 너그럽고 늘 그들을 도울 준비가 되어 있다. 이제 로자만 챙기면 된다. 그러면 소년의 말대로 나 역시 죽어도 좋다. 이 끝없는 겨울에 내가 여기서 무엇을 하고 있단 말인가! 내 말은 죽어버렸고, 마을에는 말을 빌려줄 사람이 아무도 없다. 나는 돼지우리에서 마차를 끌어내야 했다. 우연이 아니었다면, 말이 아니라 암퇘지들을 몰고 달려야 했을 것이다. 사실이 그렇다. 그리고 나는 가족에게 고개를 끄덕인다. 그들은 아무것도 모르며, 안다고 해도 믿지 않을 것이다. 처방전을 쓰는 건 쉽지만 사람들과 소통하는 건 어려운 법이다. 이제 진료는 끝났고, 또 한 번 헛걸음을 한 셈이다. 야간 호출벨 소리에 온 구역 사람들이 나를 고문하는 데는 익숙하지만, 이번에는 로자까지 내주어야 하다니. 수년간 내 집에서 살았으되 내가 거의 눈여겨보지 않았던 그 아름다운 소녀를. 이 희생은 너무 크다. 나는 로자를 되돌려줄 수 없는 이 가족에게 달려들지 않기 위해, 머릿속으로 온갖 궤변을 동원해 이 상황을 합리화해야 한다. 내가 왕진 가방을 닫고 모피 코트를 가져오라고 손짓할 때, 가족들은 모여 서 있다. 아버지는 손에 든 럼주 잔의 냄새를 맡고 있고, 나에게 실망한 듯한 어머니는 입술을 깨물며 눈물을 흘린다. ― 도대체 이 사람들은 무얼 기대하는 걸까?

— 누이는 피가 듬뿍 묻은 수건을 흔들고 있다. 나는 어쩌면 이 소년이 정말 아플지도 모른다고 인정할 준비가 어느 정도 되어 있다. 내가 다가가자 소년은 마치 내가 가장 진한 수프라도 가져온 양 나를 향해 웃는다. 아, 이제 말 두 마리가 모두 울부짖는다. 저 높은 곳에서 들려오는 소리는 아마 진료를 돕기 위해 위에서 내려온 지시이리라. 그리고 이제 나는 발견한다. 그렇다, 소년은 병들었다. 그의 오른쪽 옆구리, 허리 부근에 손바닥만 한 상처가 벌어져 있다. 장밋빛의 그 상처는 음영이 다채로웠는데, 깊은 곳은 어둡고 가장자리로 갈수록 밝아졌으며, 알갱이가 고운 피가 불규칙하게 엉겨 붙어 마치 노천광산처럼 열려 있었다. 멀리서 본 모습은 그러했다. 가까이서 보니 상황은 더 심각했다. 누가 이걸 보고 아무렇지 않을 수 있겠는가? 내 새끼손가락만 한 굵기와 길이의 벌레들이, 제 몸 색깔인 장미빛에 피까지 뒤집어쓴 채, 상처 내부에 박혀서 하얀 머리와 수많은 다리를 빛을 향해 꿈틀거리며 밀어 올리고 있었다. 불쌍한 소년아, 너를 도울 길은 없구나. 나는 네 커다란 상처를 찾아냈단다. 네 옆구리에 핀 이 꽃으로 인해 너는 죽을 것이다. 가족들은 행복해하며 내가 일하는 모습을 지켜본다. 누이가 어머니에게, 어머니는 아버지에게, 아버지는 발끝으로 서서 팔로 균형을 잡

으며 달빛 비치는 문으로 들어오는 손님들에게 이 사실을 전한다. "저를 구해주실 건가요?" 소년은 제 상처 속에서 꿈틀대는 생명력에 눈이 먼 채 흐느끼며 속삭였다. 이 지역 사람들은 이렇다. 언제나 의사에게 불가능한 것을 요구한다. 그들은 옛 신앙을 잃어버렸다. 사제는 집에 앉아 제복을 한 올한 올 풀고 있는데, 의사는 수술하는 섬세한 손으로 모든 것을 해내야 한다고 믿는다. 뭐, 좋을 대로 하라지. 내가 자발적으로 나선 것도 아니잖아. 너희들이 나를 신성한 목적으로 소모한다면, 나도 기꺼이 내맡기리라. 내가 뭘 더 바라겠는가! 하녀마저 빼앗긴 늙은 시골 의사 주제에! 그러자 가족과 마을 노인들이 와서 내 옷을 벗긴다. 교사를 앞세운 학교합창단이 집 앞에 서서 아주 단순한 선율로 합창한다.

그의 옷을 벗겨라, 그러면 그가 고치리라,
고치지 못한다면 그를 죽여라!
그저 의사일 뿐, 그저 의사일 뿐이다.

그렇게 나는 옷이 벗겨졌다. 손가락으로 수염을 만지며 고개를 숙인 채 사람들을 가만히 쳐다본다. 나는 끝까지 침착할 것이다. 나는 그들보다 우월하다. 비록 그것이 아무 소용 없을지라도 말이다. 그들은 내 머리와 발을 붙잡고 나를 침대로 실어 나른다. 그들은 나를 벽 쪽, 그러니까 상처가 있는 쪽에 눕힌다. 그리고는 모두 방을 나간다. 문이 닫힌다. 노래도 멈춘다. 구름이 달 앞으로 나선다. 이불이 나를 따뜻하게 감싼다. 열린 창문 사이로 말 머리가 희미하게 흔들린다. "있잖아요." 누군가 내 귀에 대고 말하는 소리가 들린다. "저는 선생님을 그렇게 신뢰하지 않아요. 선생님도 어딘가에서 내던져진 존재일 뿐, 제 발로 온 게 아니잖아요. 돕기는커녕 죽어가는 제 자리를 좁게 만들고 있어요. 마음 같아선 선생님의 눈알이라도 도려내고 싶어요." "그래." 하고 내가 말한다. "치욕적이군. 나는 의사야. 내가 어쩌겠나? 믿어주게, 나에게도 쉬운 일은 아니니." "제가 그런 변명에 만족해야 하나요? 아, 그래야 하는군요. 저는 언제나 만족해야만 하니까요. 저는 이 아름다운 상처를 가지고 태어났어요. 그것이 제가 가진 전 재산이었죠." "어린 친구." 내가 말한다. "자네의 문제는 전체를 보지 못한다는 거네. 온갖 병실을 다녀본 내가 말해주건대, 자네 상처는 그리 나쁘지 않네. 도끼로 두 번 쳐서 만든 예리한 상처일 뿐이야. 많은 이들이 숲속에서 도끼질 소리조차 듣지 못하고 옆구리를 내주곤 하지. 도끼가 가까이 다가오는 건 고사하고 말이야.” “정말이에요? 제가 열이 좀 있다고 속이시는 건가요?” “정말이네. 관할 의사의 명예를 걸고 하는 말이야.” 소년은 그 말을 믿고 조용해졌다. 하지만 이제 나 자신의 구원을 생각할 때였다. 말들은 여전히 충실하게 제자리를 지키고 있었다. 옷가지와 코트, 가방을 재빨리 챙겼다. 옷 입는 데 시간을 쓰고 싶지 않았다. 올 때처럼 말들이 서둘러준다면, 나는 이 침대에서 내 침대로 그대로 뛰어넘는 셈이 될 것이다. 말 한 마리가 순순히 창가에서 물러났다. 나는 짐꾸러미를 마차 안으로 던져 넣었다. 모피 코트가 너무 멀리 날아가 소매 하나가 걸쇠에 겨우 걸렸다. 그거면 됐다. 나는 말에 올라탔다. 고삐는 느슨하게 끌리고, 두 마리의 말은 서로 연결조차 되지 않은 채 마차는 뒤에서 갈팡질팡 따라오고, 모피 코트는 맨 뒤에서 눈 위를 스친다. “이랴!” 하고 소리쳤지만 힘차게 나갈 수 없었다. 늙은이들처럼 우리는 느릿느릿 눈 덮인 벌판을 가로질렀다. 등 뒤에서 아이들이 부르는, 새롭지만 이상한 노랫소리가 오랫동안 울려 퍼졌다.

기뻐하라, 환자들아,
의사가 너희 침대에 누웠노라!

이렇게 해서는 절대 집에 도착하지 못하리라. 번창하던 내 병원은 끝났다. 후임자가 내 모든 걸 훔치겠지만, 나를 대신할 수 없으니 소용없는 짓이다. 내 집에는 역겨운 마부가 날뛰고 있고 로자는 그의 희생양이 되었다. 생각하고 싶지 않다. 불행한 시대의 추위 속에서 벌거벗겨진 채, 지상의 마차와 지상 너머의 말들에 이끌려 이 늙은이는 떠돌고 있다. 내 코트는 마차 뒤에 걸려 있지만 손이 닿지 않는다. 민첩한 환자 나부랭이들 중 누구도 손가락 하나 까딱하지 않는다. 속았구나! 속았어! 단 한 번 잘못 울린 야간 호출벨을 따랐을 뿐인데. 그것은 결코 되돌릴 수 없다.

첫눈

Première Neige

기 드 모파상(Guy de Maupassant, 1850~1893)

프랑스 노르망디 출신, 사실주의와 자연주의를 대표하는 작가다. 《여자의 일생》, 《비곗 덩어리》 등 일상 속 인간의 욕망과 위선을 예리하게 포착한 작품으로 널리 알려져 있다. 간결하면서도 힘 있는 문체와 날카로운 통찰은 현대 단편문학의 흐름을 제시했다. 짧은 생애 동안 300편이 넘는 작품을 남기며 프랑스 문단에 깊은 영향을 끼쳤다.

크루아제트의 긴 산책로는 푸른 바닷가를 따라 부드럽게 원을 그리며 이어진다. 저 멀리 오른편으로는 에스테렐 산맥이 바다를 향해 길게 뻗어 있다. 기이하고 뾰족한 수많은 봉우리들이 남쪽 특유의 아름다운 풍경을 이루며 지평선을 가로막고 섰다. 왼편에는 생트마르그리트 섬과 생토노라 섬이 물 위에 몸을 눕힌 채, 전나무 숲으로 덮인 등을 드러내고 있다.

칸을 둘러싼 거대한 산맥과 넓은 만을 따라, 하얀 별장들의 무리가 햇살 속에서 잠든 듯 보인다. 멀리서 바라보면 산자락 위아래로 흩어져 있는 밝은 집들이 짙은 녹음 속에서 눈송이처럼 점점이 박혀 있다.

바다와 가장 가까운 집들은 넓은 산책로를 향해 대문을 열어 두었고, 잔잔한 물결이 다가와 그 길을 적신다. 공기는 포근하고 부드럽다. 서늘함이 거의 느껴지지 않는 온화한 겨울날이다. 정원 담장 너머로는 황금빛 열매가 주렁주렁 달린 오렌지나무와 레몬나무가 보인다. 여인들은 모래 깔린 길을 따라 천천히 걸어가고, 그 뒤를 굴렁쇠를 굴리는 아이들이 따르거나 담소를 나누는 신사들이 지나간다.

젊은 여인 하나가 크루아제트 쪽으로 문이 난 작고 예쁜 집에서 막 나왔다. 그녀는 잠시 걸음을 멈추고 산책하는 사람들을 바라보다가 미소를 지었다. 그러고는 몹시 지친 기색으로 바다 맞은편의 빈 벤치로 향했다. 겨우 스무 걸음쯤 걸었을 뿐인데도 숨을 헐떡이며 자리에 앉았다. 그녀의 창백한 얼굴은 마치 죽은 사람의 그것 같았다. 그녀는 기침을 하더니, 자신을 쇠약하게 만드는 그 발작을 멈추려고 빛이 비칠 듯 투명한 손가락을 입술에 갖다 댄다.

그녀는 햇살과 제비로 가득한 하늘을 바라보고, 저 멀리 에스테렐의 변덕스러운 봉우리들을 바라본다. 그리고 바로 앞에는 너무도 푸르고, 고요하며, 아름다운 바다가 있다.

그녀는 다시 미소를 짓고 낮게 중얼거렸다.

"아, 정말 행복해."

그러나 그녀는 자신이 곧 죽으리라는 것을 알고 있다. 다시는 이 봄을 보지 못하리라는 것도, 일 년 뒤 이 산책로를 따라 지금 눈앞을 지나가는 이들이 조금 더 자란 아이들과 함께 이 온화한 지방의 따뜻한 공기를 마시러 다시 오리라는 것도 알고 있다. 그들의 마음은 여전히 희망과 다정함과 행복으로 가득 차 있을 것이다. 그때 그녀는, 참나무 관 깊은 곳에서 지금껏 붙어 있는 이 가엾은 살점마저 썩어 없어지고, 수의로 고른 실크 드레스 속에 뼈만 남긴 채 누워 있을 것이다.

그녀는 더 이상 존재하지 않을 것이다. 삶의 모든 것들은 다른 이들을 위해 계속될 것이다. 그녀에게는 끝이다. 영원한 끝이다. 그녀는 미소를 지으며, 병든 폐로 할 수 있는 한 깊게 정원의 향기로운 숨결을 들이마신다.

그리고 그녀는 생각에 잠긴다.

그녀는 기억한다. 사 년 전, 노르망디의 한 귀족과 결혼했다. 그는 수염이 난 건장한 사내로, 혈색이 좋고 어깨는 넓었으며, 생각은 단순했으나 성격은 유쾌했다.

그들이 맺어진 것은 그녀가 알지 못한 재산상의 이유 때문이었다. 그녀는 기꺼이 "아니요"라고 말하고 싶었다. 하지만 부모님을 거스르지 않으려 고개를 끄덕이며 "예"라고 답했을 뿐이다. 그녀는 파리 태생으로 쾌활했으며, 삶의 기쁨을 아는 여인이었다.

남편은 그녀를 노르망디의 성으로 데려갔다. 그곳은 고목들로 둘러싸인 거대한 석조 건물이었다. 정면에는 높은 전나무 숲이 시야를 가로막았고, 오른편으로는 끝없이 펼쳐진 벌거벗은 평원 위로 농가들이 점점이 흩어져 있었다. 대문 앞을 지나는 샛길 하나가 삼 킬로미터나 떨어진 큰길로 이어졌다.

아, 그녀는 모든 것을 기억한다. 도착하던 순간, 새 집에서의 첫날, 그리고 그 뒤에 이어진 고립된 생활까지. 마차에서 내리며 낡은 건물을 본 그녀는 웃으며 말했다.

"전혀 즐겁지 않네요."

남편도 따라 웃으며 대답했다.

"에이, 익숙해질 거야. 두고 봐. 난 여기서 지루한 적이 한 번도 없어."

그날 그들은 서로를 탐하며 시간을 보냈고, 그녀는 그 시간이 길다고 느끼지 않았다. 다음 날도 그랬고, 그다음 날도 마찬가지였다. 한 주 내내, 정말로, 그들의 나날이 그렇게 흘러갔다.

그 후 그녀는 집 안을 꾸미는 일에 몰두했다. 그렇게 한 달이 지나갔다. 하루하루가 사소하지만 마음을 붙들어두는 일들로 채워졌다. 그녀는 삶의 소소한 것들의 가치를 배워 나갔다. 계절에 따라 몇 푼씩 오르내리는 달걀값에도 관심을 가질 수 있다는 걸 알게 되었다.

여름이었다. 그녀는 들판으로 나가 수확하는 모습을 지켜보았다. 태양의 밝음이 그녀의 마음속 기쁨을 북돋웠다.

가을이 왔다. 남편은 사냥을 시작했다. 그는 아침마다 개들을 데리고 나갔다. 그녀는 혼자 남았지만, 남편의 부재가 딱히 슬프지는 않았다. 그를 좋아하긴 했으나 그가 없어도 허전하지는 않았다. 남편이 돌아오면 그녀의 다정함은 무엇보다도 개들에게 향했다. 그녀는 매일 저녁 어미처럼 개들을 돌보고 쓰다듬으며, 남편에게는 한 번도 써본 적 없는 귀여운 이름들을 붙여주었다.

남편은 늘 똑같은 사냥 이야기를 들려주었다. 자고새를 만난 장소를 짚어주고, 산토끼를 보지 못한 일을 의아해하며, 르아브르에서 온 이웃 르샤플리에 씨가 자기 땅 경계에서 사냥감을 가로채려 총을 쏘아댄다며 분개하곤 했다.

"네, 정말 너무하네요."

그녀는 다른 생각을 하며 건성으로 대답했다.

겨울이 왔다. 노르망디의 겨울은 춥고 비가 잦았다. 끝없는 빗줄기가 하늘을 향해 칼날처럼 솟구친 거대한 지붕 위로 쏟아졌다. 길은 진흙의 강이 되었고 들판은 진흙 평원이 되었다. 떨어지는 빗소리 외에는 아무 소리도 들리지 않았고, 소용돌이치며 날아다니는 까마귀 떼가 구름처럼 흩어졌다가 들판에 내려앉았다가 다시 날아오르는 모습 외에는 아무런 움직임도 보이지 않았다.

오후 네 시쯤이면 검은 새 무리가 성 왼편 너도밤나무에 내려앉아 귀가 찢어질 듯 울어댔다. 거의 한 시간 동안 그들은 나무 꼭대기를 오가며 싸우듯 깍깍거렸고, 잿빛 가지 사이로 검은 움직임을 만들어냈다.

그녀는 매일 저녁 그것을 바라보며 가슴이 조여 오는 것을 느꼈다. 텅 빈 대지 위로 밤이 내려앉을 때의 음울한 우울이 가슴속까지 스며들었다.

그러고 나면 그녀는 종을 쳐서 램프를 가져오게 했고, 난롯가로 다가갔다. 그 습기에 잠식된 거대한 방들을 데우기 위해 나무를 산더미처럼 태웠지만 아무 소용이 없었다. 그녀는 하루 종일 살롱에서도, 식탁에서도, 침실에서도 추위에 떨었다. 마치 뼛속까지 얼어붙은 듯했다.

남편은 사냥을 다니거나 씨를 뿌리고 밭을 갈며 시골의 온갖 일에 매달리다 저녁 식사 때가 되어서야 돌아왔다.

그는 언제나 즐거운 얼굴로 진흙투성이가 된 손을 비비며 말했다. "정말 젠장맞은 날씨군!" 혹은 "그래도 불을 쬐니 좋군!" 가끔은 이렇게 묻기도 했다. "오늘은 어때? 기분은 좀 나아?"

그는 행복했다. 건강했고, 별다른 욕심도 없었으며, 이 단순하고 건전하고 평온한 삶 말고는 그 어떤 것도 꿈꾸지 않았다.

십이월이 되어 눈이 내리기 시작했을 무렵, 그녀는 성안의 얼어붙은 공기 때문에 너무도 고통스러워졌다. 세월과 함께 인간이 식어가듯, 이 오래된 성 역시 수 세기에 걸쳐 차갑게 굳어버린 듯했다. 어느 날 저녁, 그녀는 남편에게 말했다.

"여보, 여기에 난방 장치를 하나 놓는 게 어때요? 벽도 마르고 좋을 텐데. 정말 아침부터 밤까지 몸이 따뜻해지지가 않아요."

그는 자신의 저택에 난방 장치를 들이겠다는 이 터무니없는 생각에 잠시 말을 잃었다. 그에게는 차라리 개들에게 은 식기에 밥을 주는 편이 더 자연스러워 보였을 것이다. 이내 그는 힘껏 웃음을 터뜨리며 되풀이했다.

"여기에 난방 장치라니! 하하하! 정말 기막힌 농담이군!"

그녀는 고집을 꺾지 않았다.

"정말 얼어 죽겠어요, 여보. 당신은 늘 움직이니까 못 느끼는 거예요. 여긴 너무 추워요."

그는 여전히 웃으며 대답했다.

"에이, 다 익숙해지는 거야. 게다가 추운 게 건강에 아주 좋아. 당신 몸에도 더 좋을 거야. 우린 난롯가에서만 지내는 파리 놈들이 아니라고. 게다가 곧 봄이 올 테고 말이야."

일월 초, 그녀에게 큰 불행이 닥쳤다. 부모님이 마차 사고로 세상을 떠난 것이다. 그녀는 장례를 치르러 파리로 갔다. 그 뒤로 약 여섯 달 동안 그녀의 마음에는 슬픔만이 자리 잡고 있었다.

마침내 화창한 날들의 온화함이 그녀를 조금씩 깨웠고, 그녀는 가을이 올 때까지 우울한 무기력 속에서 그저 하루하루를 흘려보내며 살았다.

추위가 다시 찾아왔을 때, 그녀는 처음으로 어두운 미래를 마주하게 되었다. 앞으로 무엇을 할 수 있을까? 아무것도 없었다. 이제 그녀에게 무슨 일이 일어날까? 역시 아무것도 없었다. 어떤 기대와 희망이 그녀의 마음을 다시 살려낼 수 있을까? 아무것도 없었다. 의사는 그녀가 아이를 가질 수 없을 것이라고 단언했다.

지난해보다 더 매섭고, 더 깊숙이 파고드는 추위가 끊임없이 그녀를 괴롭혔다. 그녀는 덜덜 떨리는 손을 큰 불길 쪽으로 내밀었다. 활활 타오르는 불은 얼굴을 태울 듯 뜨거웠지만, 등 뒤에서는 얼음 같은 기운이 스며들어 살과 옷 사이로 파고들었다. 그녀는 머리부터 발끝까지 떨었다. 집 안에 셀 수 없이 많은 바람길이 깃든 것처럼 느껴졌다. 살아 있는 듯 교활하고 집요한 바람이 마치 적군처럼 도사리고 있었다. 그녀는 시도 때도 없이 그것들과 마주쳤다. 바람은 끊임없이 얼굴로, 손으로, 목덜미로 불어와 차갑고 악의적인 증오를 퍼부었다.

그녀는 남편에게 다시 난방 장치 이야기를 꺼냈다. 그러나 그는 마치 그녀가 달을 따달라고 요구하기라도 한 듯한 표정을 지었다. 파르빌 성에 그런 장치를 설치한다는 생각은, 그에게는 연금술의 비밀을 발견하는 것만큼이나 불가능한 일이었다.

어느 날 업무차 루앙에 다녀온 그는 아내에게 조그만 구리 손난로를 사다주었다. 그는 웃으며 그것을 '휴대용 난방 장치'라고 이름 붙였다. 그리고 이제 그것만 있으면 그녀가 다시는 추워하지 않을 거라고 믿었다.

십이월 말 무렵, 그녀는 계속 이렇게 살 수는 없다는 걸 깨닫고는 어느 날 저녁 식사 자리에서 조심스럽게 물었다.

"여보, 봄이 오기 전까지 파리에서 일주일이나 이주일쯤 보내는 건 어때요?"

그는 깜짝 놀랐다.

“파리? 파리라니? 거길 왜 가? 아니, 그건 안 되지. 여기가 얼마나 좋은데, 자기 집이 최고야. 당신은 가끔 참 별난 생각을 한단 말이야!”

그녀가 더듬거리며 말했다.

“조금은 기분 전환이 될 것 같아서요.”

그는 이해하지 못했다.

“기분 전환이라니? 도대체 뭐가 있어야 한다는 거야? 극장? 모임? 외식? 당신이 여기로 올 때 그런 즐길거리를 기대해선 안 된다는 걸 알고 왔잖아!”

그녀는 그의 말과 말투에서 비난을 느꼈다. 입을 다물었다. 그녀는 소심하고 온순했으며, 반항심도 의지도 없었다.

일월이 되자 맹렬한 추위가 다시 찾아왔다. 이윽고 눈이 땅을 덮었다.

어느 날 저녁, 나무 위로 소용돌이치며 퍼져 나가는 거대한 까마귀 떼를 바라보다가, 그녀는 자신도 모르게 울음을 터뜨렸다.

그때 남편이 들어오다 깜짝 놀라 물었다.

“도대체 왜 그래?”

그는 행복했다. 완전히 행복했다. 다른 삶이나 다른 즐거움을 꿈꿔본 적이 없었다. 그는 이 음울한 땅에서 태어나 자랐고, 이곳이 좋았다. 몸도 마음도 편안한, 자기 집이었다.

그는 누군가가 새로운 사건을 갈망한다거나, 변화무쌍한 즐거움을 갈구하는 마음을 이해하지 못했다. 어떤 이들에게는 사계절 내내 같은 곳에 머무는 일이 부자연스러울 수 있다는 사실도 이해하지 못했다. 봄, 여름, 가을, 겨울이 수많은 사람에게는 새로운 땅에서 생겨나는 새로운 즐거움을 준다는 것을 그는 모르는 듯했다.

그녀는 아무 말도 할 수 없었다. 급히 눈물을 닦았다. 마침내 혼란스러운 목소리로 더듬거리며 말했다.

"저는… 저는… 조금 슬퍼요. 조금 지루해요….."

그러나 그렇게 말해버린 것이 두려워, 그녀는 곧바로 덧붙였다.

"그리고… 좀… 좀 추워요."

그 말에 그는 짜증을 냈다.

"아, 그래… 또 난방 장치 얘기군. 하지만 말이야, 젠장, 여기 와서 감기 한 번 걸린 적 없잖아."

밤이 왔다. 그녀는 자기 방으로 올라갔다. 그녀는 따로 방을 쓰겠다고 요구했었다. 침대에 누웠다. 침대에서도 추웠다. 그녀는 생각했다.

‘죽을 때까지 영원히, 영원히 이렇게 살겠지.’

그녀는 남편을 떠올렸다. 어떻게 그런 말을 할 수 있을까.

‘여기 와서 감기 한 번 걸린 적도 없잖아.’

그러면 아파야만, 기침을 해야만, 자신이 고통스럽다는 걸 알아줄 것인가. 분노가 치밀어 올랐다. 연약하고 소심한 자의 가늘고 날 선 분노였다.

기침을 해야 했다. 그래야 그가 그녀를 불쌍히 여길 것이다. 그렇다면 기침을 하자. 기침 소리를 들은 남편이 의사를 부르게 하고, 남편이 보게 하자. 보게 하리라.

그녀는 맨다리와 맨발로 일어섰다. 그리고 어린아이 같은 생각에 미소를 지었다.

‘나는 난방 장치를 원해. 반드시 가질 거야. 기침을 멈추지 않을 거야. 그러면 어쩔 수 없이 설치하겠지.’

그녀는 거의 벌거벗은 채로 의자에 앉았다. 한 시간, 두 시간을 기다렸다. 몸은 떨렸지만 감기에 걸리지는 않았다. 그래서 더 과감한 방법을 쓰기로 했다.

그녀는 소리 없이 방을 나와 계단을 내려가 정원 문을 열었다. 눈으로 덮인 땅은 죽은 듯 고요했다. 그녀는 맨발을 불쑥 내밀어 얼어붙은 가벼운 눈 속에 파묻었다. 상처처럼 고통스러운 냉기가 심장까지 치밀었지만, 다른 쪽 다리를 뻗어 천천히 계단을 내려갔다.

그리고 잔디를 가로질러 나아가며 중얼거렸다.

'전나무까지 갈 거야.'

그녀는 숨을 헐떡이며 작은 걸음으로 걸었다. 맨발이 눈에 빠질 때마다 숨 막히듯 괴로웠다.

그녀는 첫 번째 전나무에 손을 대었다. 계획을 완수했다는 확인이었다. 돌아오는 길에 몸이 마비되고 힘이 빠져 두세 번이나 쓰러질 것 같았지만, 그녀는 얼어붙은 눈 위에 앉아 눈을 한 움큼 집어 가슴에 문지르기까지 했다.

그녀는 방으로 돌아와 침대에 누웠다. 한 시간쯤 지나자 목구멍에 개미 굴이 생긴 듯한 느낌이 들었다. 온몸에 개미가 기어다니는 것 같았다. 그러는 동안 그녀는 잠이 들었다.

다음 날, 그녀는 기침을 시작했고, 침대에서 일어날 수 없었다.

폐렴이었다. 헛소리를 하면서도 난방 장치를 놓아 달라고 말했다. 의사가 난방 장치를 반드시 설치해야 한다고 말하자 남편은 내키지 않았지만 굴복했다. 짜증과 불만이 가득한 채 말이다.

그러나 그녀는 회복되지 않았다. 폐가 심하게 손상되었

고, 생명이 위태로웠다.

"이곳에 그대로 두면, 겨울을 넘기지 못할 겁니다."

의사가 말했다.

그녀는 남쪽으로 보내졌다.

그녀는 칸에 왔고, 태양을 만났고, 바다를 사랑하게 되었으며, 오렌지 꽃 향기가 가득한 공기를 마셨다.

그러다 봄이 되면 다시 북쪽으로 돌아왔다.

하지만 이제 그녀는 회복될까 봐 두려워했고, 노르망디의 긴 겨울이 무서웠다. 몸이 좀 나아지면 밤마다 창문을 열어 두고 지중해의 온화한 해안을 떠올렸다.

이제 그녀는 죽어가고 있다. 그녀도 그것을 알고 있다. 그리고 행복하다.

그녀는 펼쳐보지도 않던 신문을 펼쳐 제목을 읽는다.

"파리의 첫눈."

그녀는 몸을 떨었다가 이내 미소를 짓는다. 저 멀리 노을 아래 장밋빛으로 물드는 에스테렐을 바라본다. 끝없이 푸른 하늘을, 너무도 푸르고 고요하며 아름다운 바다를 바라본 뒤 자리에서 일어난다.

그리고 천천히 집으로 들어간다. 기침이 나올 때마다 잠시 멈추면서. 너무 늦게까지 밖에 있었고, 날씨도 아주 조금 추워졌기 때문이다.

남편의 편지가 보였다. 여전히 미소를 지으며 편지를 읽는다.

사랑하는 당신에게,

당신이 잘 지내고 있기를, 그리고 우리 아름다운 고향을 너무 그리워하지 않기를 바라오. 며칠 전부터 제법 된서리가 내려 곧 눈이 올 것 같소. 나는 이런 날씨가 참 좋아한다오. 그러니 당신도 알다시피, 난 당신의 그 빌어먹을 난방 장치를 켤 생각은 전혀 없어….

그녀는 그토록 원하던 난방 장치를 손에 넣었다는 생각에 더없이 행복해서 편지를 읽다 만다. 편지를 쥔 오른손은 천천히 무릎 위로 떨어지고, 가슴을 찢는 집요한 기침을 가라앉히려는 듯 왼손을 입가로 가져간다.

차 한 잔

A Cup of Tea

캐서린 맨스필드(Katherine Mansfield, 1888~1923)

뉴질랜드 출신, 안톤 체호프의 영향을 받아 현대 단편소설의 지평을 넓힌 20세기 영미 문학의 대표 작가다. 《환희》, 《가든 파티》, 《비둘기 알》 등에서 인간의 미묘한 심리와 일상의 찰나를 섬세하고 시적인 문체로 탐구했다. 내면의 섬세한 통찰과 감각적인 서술을 동시에 담아낸 그의 작품은 서른넷의 이른 죽음에도 불구하고, 단편소설을 하나의 완결된 예술로 승화시킨 거장으로 평가된다.

—

　로즈메리 펠은 딱히 아름답다고 할 수는 없었다. 아니, 아름답다고 부르기는 어려웠다. 예쁘냐고? 글쎄, 하나하나 뜯어놓고 본다면야…. 하지만 왜 굳이 누군가를 그렇게까지 잔인하게 뜯어보아야 할까.

　그녀는 젊고 번뜩였으며, 꽤나 현대적이었다. 옷차림은 더없이 세련되었고, 막 나온 최신간까지도 이미 섭렵했다. 그녀가 여는 파티는 정말로 중요한 사람들과 예술가들이 절묘하게 어우러진, 근사한 모임이었다. 그 예술가들이란 대체로 기묘한 존재들이었고, 대부분은 그녀가 직접 발굴해 낸 사람들이었다. 말로 다 할 수 없을 만큼 괴이한 이들도 있었지만, 그중에는 제법 단정하고 유쾌한 이들도 있었다.

　로즈메리는 결혼한 지 이 년이 되었다. 그녀에게는 귀여운 아들이 하나 있었다. 피터였던가…. 아니다, 마이클이었다. 그리고 남편은 그녀를 말 그대로 숭배하듯 사랑했다. 그들은 부유했다. 그저 넉넉한 정도가 아니라, 누가 보아도 진짜 부유한 사람들이었다. '넉넉하다'는 말은 어쩐지 고리타분하고 답답해서, 조부모가 쓰는 말처럼 들리지 않는가. 로즈메리는 쇼핑하고 싶으면 당신이나 내가 본드 스트리트에 가듯이 파리로 떠났다. 꽃을 사고 싶으면 리젠트 스트리트의 멋진 꽃집 앞에 차를 세우고, 안으로 들어가 그저 눈부신 듯 진열대를 바라보다가 이렇게 말했다. "저거랑 저거, 그리고 저것도요. 저건 네 다발 주세요. 그리고 저 장미가 꽂힌 화병도요. 네, 화병 안에 있는 장미는 전부 주세요. 아니, 라일락은 안 돼요. 난 라일락이 싫어요. 볼품이 없잖아요."

점원은 고개를 숙여 라일락을 눈앞에서 치웠다. 그녀의 말이 너무나도 당연한 사실이라는 듯이. 라일락은 참으로 끔찍할 만큼 볼품이 없었다.

"저기 저 짤막하고 탐스러운 튤립도 주세요. 빨간색이랑 흰색으로 된 것들요."

그렇게 해서 가냘픈 점원 아가씨 하나가 흰 종이에 싸인 꽃다발을 한 아름 안고 비틀거리며 따라와, 마치 긴 옷을 입힌 아기를 안은 듯한 모습으로 로즈메리를 배웅했다.

어느 겨울 오후, 로즈메리는 커즌 스트리트에 있는 작은 골동품 가게에서 무언가를 사고 있었다. 그녀가 유독 좋아하던 가게였다. 무엇보다도 손님이 거의 없어, 혼자 가게를 차지할 수 있었기 때문이다. 게다가 가게 주인은 그녀를 대하는 일을 지나치다 싶을 만큼 좋아했다. 로즈메리가 들어설 때마다 그는 환하게 웃으며 두 손을 맞잡았고, 기쁨에 차거의 말을 잇지 못할 지경이었다. 아첨이었겠지, 물론. 하지만 그렇다 해도, 거기에는 무언가가 있었다.

"아시겠지만, 부인,"

그는 낮고 공손한 목소리로 설명하곤 했다.

"저는 제 물건들을 사랑합니다. 그 가치를 알아보지 못하거나, 이런 안목을 지니지 못한 분께 파느니 차라리 내놓지 않는 편이 낫지요."

그는 숨을 깊이 들이쉬더니, 파란 벨벳으로 된 아주 작은 네모 조각을 조심스럽게 풀어 유리 진열대 위에 올려놓더니, 창백한 손끝으로 그것을 살며시 눌렀다.

그날은 작은 상자였다. 그가 그녀를 위해 따로 간직해 둔, 아직 누구에게도 보여 준 적 없는 것이었다. 유약이 너무도 고와, 마치 크림에 구워낸 것처럼 보이는 정교한 에나멜 상자였다. 뚜껑에는 꽃이 핀 나무 아래 아주 작은 남자가 서 있었고, 그보다 더 작은 여자는 그의 목에 팔을 두르고 있었다. 제라늄 꽃잎만큼도 되지 않을 듯한 그녀의 모자는 나뭇가지에 걸려 있었고, 초록 리본이 달려 있었다. 그리고 두 사람의 머리 위에는, 마치 지켜보는 수호천사처럼 분홍빛 구름 하나가 떠 있었다.

로즈메리는 긴 장갑에서 손을 빼냈다. 이런 물건을 살필 때면 언제나 장갑을 벗었다. 그래, 마음에 들었다. 아주 마음에 들었다. 사랑스러웠다. 정말이지 끝내주는 물건이었다. 반드시 가져야 했다. 크림빛 상자를 이리저리 돌려 보고, 열었다 닫았다 하며, 그녀는 푸른 벨벳 위에서 자기 손이 얼마나 매력적으로 보이는지를 모를 수 없었다. 가게 주인 역시 마음 한구석 깊은 곳에서, 같은 생각을 감히 품었을지도 모른다. 그는 연필을 집어 들고 카운터 위로 몸을 기울였다. 창백하고 핏기 없는 손가락이 그녀의 장밋빛 손가락 쪽으로 조심스레 다가오며, 그는 부드럽게 중얼거렸다.

"부인, 저 작은 여자의 몸에 놓인 꽃을 보시지요."

"사랑스럽네요!"

로즈메리는 감탄하며 꽃을 바라보았다. 하지만 가격은 얼마일까. 가게 주인이 잠시 듣지 못한 듯했다. 그러다 이내 낮은 목소리가 그녀의 귀에 닿았다.

"28기니*입니다, 부인."

"28기니."

로즈메리는 아무런 내색도 하지 않았다. 작은 상자를 내

* **기니** 영국의 옛 화폐 단위. 주로 상류층
거래나 사례금 표시 등에 사용되었다.

려놓고 다시 장갑의 단추를 잠갔다. 28기니라니. 아무리 부자라 해도…. 그녀는 멍하니 시선을 던졌다. 가게 주인의 머리 위쪽에 있는, 살찐 암탉처럼 생긴 주전자를 바라보다가 넋이 나간 듯한 목소리로 말했다.

"그럼, 저를 위해 맡아두시겠어요? 언젠가 제가…."

하지만 가게 주인은 이미, 그것을 맡아 두는 일만으로도 더 바랄 것이 없다는 듯 고개를 숙이고 있었다. 그는 기꺼이, 물론, 영원히라도 그것을 맡아둘 생각이었다.

가게 문이 딸깍 하고 조심스럽게 닫혔다. 로즈메리는 가게 밖 계단 위에 서서 겨울 오후를 바라보고 있었다. 비가 내리고 있었고, 비와 함께 어둠이 마치 재처럼 빙글빙글 돌며 내려앉는 듯했다. 공기에는 쓴맛이 감도는 냉기가 서려 있었고, 막 불이 켜진 가로등들은 쓸쓸해 보였다. 맞은편 집들의 불빛도 마찬가지였다. 무엇인가를 후회하는 듯, 희미하게 타오르고 있었다. 사람들은 성가신 우산 아래 몸을 숨긴 채 서둘러 지나갔다.

로즈메리는 낯선 통증을 느꼈다. 그녀는 머프*를 가슴에 꼭 눌렀다. 그 작은 상자도 함께 안고 있었다면 좋았을 텐

---

* **머프** 양손을 함께 넣어 따뜻하게 하는 털 장식 방한용품.

데, 하고 생각했다. 물론 차는 거기서 기다리고 있었다. 길만 가로질러 가면 되었다. 하지만 그녀는 그대로 서 있었다. 삶에는 그런 순간들이 있다. 끔찍한 순간들. 안락한 곳에서 벗어나 바깥을 내다보는 순간, 모든 것이 견딜 수 없이 버거워지는 때. 그런 순간에 빠져서는 안 된다. 집으로 돌아가서 특별한 차를 한 잔 더 마시면 될 일이다. 그 생각이 스친 바로 그때, 마르고 어두운 그림자처럼 보이는 한 젊은 여자가 어디서 나타났는지, 로즈메리의 팔꿈치 옆에 서 있었다. 그리고 한숨 같은, 거의 흐느낌에 가까운 목소리로 조용히 말을 건넸다.

"부인, 잠시 말씀 좀 나눌 수 있을까요?"

"저한테 말씀하시는 건가요?"

로즈메리는 몸을 돌렸다. 거기에는 커다란 눈을 가진, 초라하고 가냘픈 작은 존재가 서 있었다. 로즈메리와 나이가 비슷해 보이는 아주 젊은 여자였다. 그녀는 벌겋게 얼어붙은 손으로 코트 깃을 움켜쥔 채 막 물에서 나온 사람처럼 몸을 떨고 있었다.

"부, 부인…."

목소리가 더듬거리며 이어졌다.

"차 한 잔 값만 주시면 안 될까요?"

"차 한 잔요?"

그 목소리에는 소박하고 진실한 구석이 있었다. 조금도 구걸하는 사람의 목소리처럼 들리지 않았다.

"그럼, 가진 돈이 전혀 없나요?"

로즈메리가 물었다.

"네, 없어요, 부인."

"정말 기이하기도 해라!"

로즈메리는 어스름 속에서 그녀를 유심히 바라보았고, 그 소녀도 그녀를 빤히 바라보았다. 정말 기이하다 못해 특별한 일이었다. 갑자기 로즈메리에게 이 상황이 하나의 모험처럼 느껴졌다. 어둠 속에서의 이 만남은 마치 도스토옙스키 소설의 한 장면 같았다. 만약 이 소녀를 집으로 데려간다면? 늘 책에서 읽거나 연극에서 보던 그런 일을 정말로 해 본다면, 과연 어떤 일이 벌어질까? 생각만 해도 짜릿했다. 나중에 친구들에게 "그냥 그 애를 집으로 데려왔어."라고 말하며 모두를 놀라게 할 자신의 모습이 눈에 선했다. 그녀는 한 발짝 다가서서, 곁에 있는 어둠 속에 서 있던 그 소녀에게 말했다.

"우리 집에 가서 같이 차 마셔요."

소녀는 깜짝 놀라 뒤로 물러섰다. 잠시 동안은 몸을 떠는 것조차 멎은 듯했다. 로즈메리는 손을 뻗어 소녀의 팔을 살짝 건드렸다.

"진심이에요."

로즈메리는 웃으며 말했다. 자기 스스로도 그 웃음이 참으로 순수하다고 느꼈다.

"괜찮아요, 어서요. 지금 내 차를 타고 같이 집에 가서 차를 마셔요."

"부인, 어째서… 그럴 이유가 없잖아요."

소녀의 목소리에는 아픔이 배어 있었다.

"진심이라니까요! 내가 그러고 싶어서 그래요. 나를 위해서라도, 제발요. 같이 가요."

로즈메리가 외쳤다.

소녀는 손가락을 입술에 갖다 댄 채 굶주린 듯한 눈빛으로 로즈메리를 뚫어지게 바라보았다.

"저를… 저를 경찰서로 데려가시는 건 아니죠?"

그녀가 더듬거리며 물었다.

"경찰서라니요!"

로즈메리는 웃음을 터뜨렸다.

"내가 왜 그런 잔인한 짓을 하겠어요? 아니에요, 난 그저 당신의 몸을 녹여주고 싶고, 당신이 하고 싶은 이야기가 있다면 뭐든지 듣고 싶을 뿐이에요.”

굶주린 이들은 이끌기 쉬운 법이다. 하인이 차 문을 열어 주었고, 잠시 후 그들은 어스름을 가르며 미끄러지듯 달리고 있었다.

“자, 다 됐어요!”

로즈메리는 벨벳 손잡이에 손을 끼워 넣으며 승리감에 젖었다. 그물로 낚아챈 작은 포로를 바라보며, ‘이제야 잡았구나.’라고 말할 수도 있었을 것이다. 물론 그녀는 선의에서 그랬다. 아니, 선의 그 이상이었다. 그녀는 이 소녀에게 인생에는 놀라운 일도 일어난다는 것, 동화 속 요정 할머니는 실존한다는 것, 부자들에게도 심장이 있고 여자는 모두 자매라는 것을 증명해 보일 작정이었다.

로즈메리는 충동적으로 몸을 돌려 말했다.

“겁먹지 말아요. 생각해 보세요, 당신이 우리 집에 못 올 이유가 뭐가 있어요? 우리 둘 다 여자잖아요. 내가 좀 더 형편이 좋다면, 당신은 당연히 기대해도….”

이 말을 어떻게 끝맺어야 할지 몰라 곤란해하던 바로 그 순간 다행스럽게도 차가 멈춰 섰다. 초인종이 울리고 문이 열렸다. 로즈메리는 우아하게, 보호하듯, 감싸안다시피 소녀를 현관 안으로 이끌었다.

온기와 부드러움, 빛과 달콤한 향기. 로즈메리는 자신에게는 너무도 익숙해 의식조차 하지 않았던 것들을 소녀가 하나하나 받아들이는 모습을 지켜보았다. 매혹적인 광경이었다. 로즈메리는 마치 놀이방에 앉아 마음껏 열어볼 수 있는 서랍과 풀어볼 상자들을 잔뜩 앞에 둔 부잣집 꼬마 아이가 된 기분이었다.

"자, 위층으로 올라가요. 내 방으로 가요."

로즈메리는 너그러움을 베풀고 싶어 안달하며 말했다.

그녀는 이 가엾은 작은 존재가 하인들의 시선을 받게 하고 싶지 않았다. 계단을 오르며 그녀는 하녀인 잔느도 부르지 않고 혼자 옷을 갈아입기로 마음먹었다. 가장 중요한 건 자연스러운 태도이다.

"자, 여기!"

커튼이 드리워진 커다랗고 아름다운 침실에 도착하자 로즈메리가 다시 외쳤다. 화려한 래커 칠 가구 위로 벽난로 불꽃이 일렁였고, 황금빛 쿠션과 연노랑빛과 푸른빛 양탄자가 깔린 방이었다.

소녀는 문 바로 안쪽에 멍하니 서 있었다. 하지만 로즈메리는 개의치 않았다.

"이리 와서 앉아요."

로즈메리는 커다란 안락의자를 벽난로 앞으로 끌어당기며 외쳤다.

"편안한 의자에 앉아서 몸 좀 녹여요. 너무, 너무 추워 보이네요."

"감히 그럴 수 없어요, 부인."

소녀는 뒷걸음질을 쳤다.

"아, 제발 무서워하지 말아요. 정말 그러지 말아요. 그냥 앉아 있어요. 내가 옷만 갈아입고 오면 옆방에서 차도 마시고, 따뜻하게 쉬면 되잖아요. 왜 그렇게 겁을 내는 거죠?"

로즈메리는 이렇게 말하며 소녀 쪽으로 다가갔다. 그러고는 조심스럽게, 그러나 반쯤은 밀어붙이듯 그 가느다란 몸을 깊은 의자 속에 앉혔다. 마치 눕히듯이.

하지만 아무런 대답이 없었다. 소녀는 앉혀진 그대로, 두 손을 옆에 내려뜨린 채 입을 약간 벌리고 가만히 있었다. 솔직히 말하자면, 조금 멍청해 보이기까지 했다. 그러나 로즈메리는 그 사실을 인정하고 싶지 않았다. 그녀는 소녀 쪽으로 몸을 숙이며 말했다.

"모자를 벗지 않겠어요? 예쁜 머리가 다 젖었네요. 모자를 벗는 게 훨씬 더 편안할 텐데, 안 그래요?"

"네, 부인…."

속삭이듯 대답했고, 눌러 찌그러진 모자를 벗었다.

"코트 벗는 것도 도와줄게요."

로즈메리가 말했다.

소녀는 일어섰다. 한 손으로 의자를 붙잡은 채 로즈메리가 이끄는 대로 그대로 몸을 맡겼다. 꽤 힘이 들었다. 소녀는 조금도 움직이지 않았고, 로즈메리는 아이처럼 비틀거렸다. 그 순간 로즈메리는 스치듯 이런 생각을 했다. 누구든 남의 도움을 받으려면 최소한의 반응은 보여야 한다는 것, 그렇지 않으면 모든 일이 몹시 어려워진다는 것.

이제 이 코트는 어떻게 해야 할까. 로즈메리는 코트와 모자를 바닥에 내려놓았다. 그리고 벽난로 위 선반에서 담배를 집으려 할 때 소녀가 가냘픈 목소리로 빠르게 말했다.

"부인, 죄송합니다만, 저 정말 쓰러질 것 같아요. 뭘 좀 먹지 않으면 안 될 것 같아요."

"세상에, 내가 정신이 없었네요!"

로즈메리는 급히 벨을 눌렀다.

"차요, 당장 차를 내와요. 브랜디도요, 얼른."

하녀가 다시 나갔지만, 소녀는 거의 울먹이며 외쳤다.

"아니요, 브랜디는 싫어요. 전 브랜디는 마셔 본 적도 없어요. 차 한 잔이면 돼요, 부인."

그러고는 끝내 울음을 터뜨렸다.

끔찍하면서도 매혹적인 순간이었다. 로즈메리는 의자 옆에 무릎을 굽히고 앉았다.

"울지 말아요, 가엾은 사람. 울지 말아요."

로즈메리는 레이스 손수건을 건넸다. 말로 다 할 수 없을 만큼 깊은 감동이 밀려왔다. 그녀는 가느다랗고 새처럼 여윈 소녀의 어깨를 감싸 안았다.

그러자 소녀는 마침내 수줍음도, 다른 모든 것도 잊은 채, 그저 자신들이 같은 여자라는 사실만을 의식하며 숨 가쁘게 말을 쏟아냈다.

"이제 더는 이렇게 못 살겠어요. 견딜 수가 없어요. 정말 못 견디겠어요. 차라리 죽어버릴 거예요."

"그럴 일은 없을 거예요. 내가 돌봐줄게요. 그러니 그만 울어요. 나를 만난 게 얼마나 다행인지 알겠죠? 차를 마시면서 천천히 다 이야기해 봐요. 내가 다 해결해 줄게요. 약속해요. 그러다 지쳐요. 이제 그만."

소녀는 차가 나오기 직전에야 겨우 울음을 멈췄다. 로즈메리는 서둘러 자리에서 일어났다. 그녀는 탁자를 두 사람 사이에 놓게 했다. 그리고 가엾은 소녀에게 샌드위치와 빵, 버터를 권했다. 찻잔이 조금이라도 비면 차에 크림과 설탕을 다시 가득 채워주었다. 사람들이 늘 설탕은 영양가가 높다고 말하지 않았던가. 정작 로즈메리 자신은 아무것도 먹지 않았다. 그녀는 소녀가 수줍어하지 않도록 배려하는 듯, 담배를 피우며 시선을 다른 곳으로 돌렸다.

그 소박한 식사의 효과는 실로 놀라울 정도였다. 찻상이 치워지고 나자, 가볍고 연약한 몸에 헝클어진 머리카락, 어두운 입술과 깊고 빛나는 눈을 지닌, 전혀 다른 존재가 커다란 안락의자에 기대앉아 있었다. 달콤한 나른함에 잠긴 생명체가 불꽃을 바라보고 있었다. 로즈메리는 새 담배에 불을 붙였다. 이제 이야기를 시작할 차례였다.

"마지막으로 식사한 게 언제였나요?"

로즈메리가 부드럽게 물었다.

그런데 바로 그때 문손잡이가 돌아갔다.

"로즈메리, 들어가도 될까?"

필립이었다.

"물론이죠."

그가 들어왔다.

"오, 미안해."

그는 말을 멈추고 그녀를 빤히 바라보았다.

"괜찮아요. 이쪽은 제 친구예요, 미스…."

로즈메리가 미소 지으며 말했다.

"스미스예요, 부인."

안락의자에 나른하게 기대앉아 있던 인물이 말했다. 놀랄 만큼 고요했고, 두려움도 없어 보였다.

"스미스 양이에요. 우린 잠깐 이야기를 나누려던 참이었어요."

로즈메리가 덧붙였다.

"아, 그렇군. 알겠어."

필립의 시선이 바닥에 놓인 코트와 모자에 닿았다. 그는 벽난로 쪽으로 다가가 불을 등지고 섰다. 그 무기력한 인물을 한 번 바라보고, 그녀의 손과 부츠를 살핀 뒤, 다시 로즈메리를 향해 이상하리만치 차분한 말투로 말했다.

"정말 끔찍한 오후야."

"맞아요, 그렇죠? 최악이에요."

로즈메리는 열정적으로 맞장구쳤다.

필립은 특유의 매력적인 미소를 지으며 말했다.

"사실 말이야, 당신이 잠깐 서재로 좀 와 줬으면 하는데. 괜찮겠어? 스미스 양도 이해해 주시겠지?"

커다란 눈꺼풀이 그를 향해 들렸지만, 로즈메리가 대신 대답했다.

“물론이죠.”

그들은 함께 방을 나왔다. 둘만 있게 되자 필립이 로즈메리에게 말했다.

“이봐. 설명 좀 해줘. 저 여자는 누구야? 이게 다 무슨 상황이지?

로즈메리는 웃음을 터뜨리며 문에 기대었다.

“커즌 스트리트에서 데려왔어요. 정말이에요. 우연히 만났는데 차 한 잔 값이 없다고 하길래 그냥 집으로 데려왔어요.”

“도대체 그 여자랑 뭘 어쩔 셈이야?”

필립이 목소리를 높였다.

“친절하게 대해줄 거예요. 아주 친절하게요. 어떻게 할지는 아직 모르겠지만요. 아직 이야기도 제대로 안 나눠봤는걸요. 하지만 보여주고 싶어요. 대우받는다는 게 어떤 건지, 느끼게 해주고 싶어요.”

로즈메리가 숨 가쁘게 말했다.

“여보, 당신 완전히 미쳤군. 그건 절대 안 될 일이야.”

필립이 말했다.

“당신이 그렇게 말할 줄 알았어요. 왜 안 되죠? 내가 원하잖아요. 그게 이유가 안 되나요? 게다가 이런 일은 책에서도 늘 읽던 거잖아요. 그래서 결심한 거예요.”

로즈메리가 받아쳤다.

"하지만 말이야, 그 여자 정말 놀랄 만큼 예쁘던데."

필립은 담배 끝을 천천히 잘라내며 말했다.

"예쁘다니요? 정말 그래요? 난… 난 그런 생각은 해 본 적도 없어요."

로즈메리는 깜짝 놀라 얼굴이 붉어졌다.

"이런 세상에!"

필립이 성냥을 그으며 말을 이었다.

"그 여자 정말 아름답던데. 다시 가서 봐봐, 방금 당신 방에 들어갔다가 완전히 넋을 잃었어. 내 생각엔 당신이 끔찍한 실수를 하고 있는 것 같아. 내가 너무 솔직했다면 미안해. 다만 스미스 양이 우리와 저녁을 함께할 건지는 미리 알려줘. 《모자 상인》*이라도 읽어둬야 하니까."

"어쩜 그걸 말이라고 해요."

로즈메리는 그렇게 말하고는 서재를 나왔다. 하지만 침실로 돌아가지는 않았다. 서재 옆 집필실로 가 책상 앞에 앉았다. 예쁘다고? 정말로 아름답다고? 넋을 잃었다고? 그녀의 심장은 무거운 종소리처럼 쿵쾅거렸다. 예쁘다니, 아름답다니…. 로즈메리는 수표책을 끌어당겼다. 하지만 아니지, 수

---

* 모자와 최신 유행을 다루는 패션 전문지.

표는 필요 없을 터였다. 그녀는 서랍을 열어 파운드 지폐 다섯 장을 꺼냈다. 잠시 지폐를 바라보다가 두 장을 다시 넣고, 남은 세 장을 손에 꼭 쥔 채 침실로 돌아갔다.

반 시간이 지난 뒤에도 필립은 여전히 서재에 있었다. 그때 로즈메리가 들어왔다.

"그냥 이 말만 하려고요."

그녀는 다시 문에 기대어 서서, 몽롱하고 어딘가 낯선 눈빛으로 그를 바라보며 말했다.

"스미스 양은 오늘 우리와 저녁 식사를 하지 않을 거예요."

필립이 신문을 내려놓았다.

"아, 무슨 일이지? 다른 약속이라도 있대?"

로즈메리는 다가가 그의 무릎 위에 앉았다.

"가겠다고 고집을 부리지 뭐예요."

그녀가 말했다.

"그래서 가엾은 아이에게 돈을 좀 쥐어줬어요. 본인이 가겠다는데 억지로 붙잡아둘 수는 없잖아요?"

그녀가 부드럽게 덧붙였다.

로즈메리는 방금 머리를 손질하고, 눈화장을 조금 짙게 하고, 진주 목걸이를 걸치고 있었다. 그녀는 두 손을 들어

필립의 뺨을 어루만졌다.

"나 좋아해요?"

그녀가 물었다. 달콤하면서도 허스키한, 어딘가 불안한 목소리였다.

"아주 좋아하지. 키스해줘."

필립이 그녀를 더 꽉 끌어안았다.

잠시 침묵이 흘렀다.

이윽고 로즈메리가 꿈결처럼 속삭였다.

"오늘 아주 매혹적인 작은 상자를 봤어요. 28기니나 하더라고요. 그거 사도 돼요?"

필립은 그녀를 무릎 위에서 가볍게 안으며 말했다.

"그래도 되지, 이 낭비벽 심한 꼬마 아가씨."

하지만 그것은 로즈메리가 정말로 하고 싶었던 말이 아니었다.

"필립."

그녀는 나직이 속삭이며 그의 머리를 끌어당겨 자신의 가슴에 기대게 했다.

"나 예뻐요?"

파

葱

아쿠타가와 류노스케(芥川龍之介, 1892~1927)

일본 도쿄 출신. 《라쇼몬》, 《코》, 《참마죽》 등 150여 편의 단편을 남긴 일본 근대문학을 대표하는 작가다. 간결하고 명쾌한 문체, 동서양 문학을 아우르는 폭넓은 교양, 고전 설화와 역사에서 얻은 다양한 소재가 그의 작품 세계를 특징짓는다. 나쓰메 소세키의 인정을 받아 등단과 동시에 문단의 총아로 떠올랐으나, 내적 불안과 신체적 고통을 이기지 못하고 서른다섯에 생을 마쳤다. 짧지만 강렬한 생애와 독창적인 작품 세계는 일본 문학 전반에 깊은 흔적을 남겼다.

—

원고 마감 하루 전인 오늘 밤, 나는 이 소설을 단숨에 써 내려가려 한다. 아니, 쓰려고 한다는 말은 정확하지 않다. 어떻게 해서든 쓰지 않으면 안 되는 상황에 처했기 때문이다. 무엇을 쓸 거냐고 묻는다면, 그저 아래 글을 읽어보라 말할 수밖에 없다.

간다 진보초 근처의 한 카페에 오키미라는 여종업원이 있다. 나이는 열대여섯 된다는데, 겉보기에는 훨씬 어른스럽다. 무엇보다 피부가 희고 눈매가 시원스러워서, 코끝이 살짝 들려 있기는 해도 한눈에 보아 미인 축에 드는 얼굴이다. 머리를 가운데서 단정히 갈라 물망초 비녀를 꽂고, 하얀 앞치마를 두른 채 자동 피아노 앞에 서 있는 모습은 마치 다케히사 유메지*의 그림 속 여인이 밖으로 튀어나온 듯하다. 이런 이유로 이 카페 단골들 사이에서는 일찌감치 '통속소설'이라는 별명으로 통하는 모양이다. 별명은 그뿐만이 아니다.

* **다케히사 유메지** 20세기 초반까지 활약한 일본의 화가이자 시인.

비녀 장식이 물망초라 '물망초', 미국 여배우 메리 픽퍼드를 닮았다고 '미스 메리 픽퍼드', 카페에 없어서는 안 될 존재라 '각설탕' 등으로도 불린다.

카페에는 오키미 씨 말고도 나이가 좀 더 많은 여종업원이 한 명 더 있다. 이름이 오마쓰라고 하는데, 외모로는 도저히 오키미 씨의 상대가 되지 않는다. 이를테면 흰 빵과 검은 빵만큼이나 차이가 난다. 그러니 같은 카페에서 일을 해도 오키미 씨와 오마쓰 씨가 받는 팁의 차이는 매우 컸다. 오마쓰 씨가 이를 달갑게 여길 리 없다. 그 불만이 쌓이다 보니 요새 점점 삐뚤어진 게 아닌가 싶다.

어느 여름날 오후, 오마쓰 씨가 맡은 테이블에 앉은 외국어학교 학생인 듯한 손님이 담배를 입에 물고 성냥불을 붙이려 했다. 그런데 공교롭게도 옆 테이블에서 선풍기가 윙윙거리며 돌아가는 바람에 불꽃이 닿기도 전에 꺼지곤 했다. 마침 테이블 옆을 지나던 오키미 씨가 그 모습을 보고 바람을 막아주려 선풍기와 손님 사이에 섰다. 그 틈에 담배에 불을 붙인 학생은 햇볕에 탄 뺨에 미소를 띠며 "고마워요."라고 인사했다. 오키미 씨의 친절한 마음씨가 전해진 것이다.

그러자 카운터에 서 있던 오마쓰 씨가 그 테이블로 나갈 아이스크림 접시를 들고는 오키미 씨를 쏘아보며 특유의 짜증 섞인 목소리로 말했다.

"네가 갖다줘."

그런 식의 미묘한 갈등이 일주일에 몇 차례씩 일곤 한다. 그래서 오키미 씨는 웬만해서는 오마쓰 씨와 말을 섞지 않는다. 언제나 피아노 앞에 서서 많은 학생 손님에게 말없이 애교를 팔거나 단단히 뿔이 난 오마쓰 씨에게 무언의 시샘을 사고 있다.

하지만 두 사람 사이가 나쁜 게 비단 오마쓰 씨의 질투 때문만은 아니다. 오키미 씨 또한 내심 오마쓰 씨의 저급한 취향을 경멸했다. 소학교만 나온 데다 저급한 유행가나 듣고 미쓰마메* 같은 달콤한 주전부리나 사 먹으면서 남자 꽁무니를 쫓아다니는 일밖에 하지 않는다고 확신하고 있었다.

그렇다면 오키미 씨의 취향은 어떠한가? 궁금하면 잠시 이 번잡한 카페를 벗어나 근처 골목 안쪽 미용실 이층 방을 들여다보길 바란다. 오키미 씨는 카페에 있지 않을 때면 세를 든 미용실 이층 방에서 지내기 때문이다.

이층은 천장이 낮은 세 평 남짓한 방으로, 서쪽 햇살이 드는 창밖으로는 기와지붕 말고는 아무것도 보이지 않는다.

---

* **미쓰마메** 강낭콩, 우뭇가사리, 과일 등을 그릇에 담고 달콤한 시럽을 뿌려 먹는 일본의 대표적인 여름철 디저트.

창가 벽에는 인도풍 꽃무늬 천을 씌운 책상이 놓여 있다. 편의상 책상이라 부를 뿐, 사실은 낡은 티테이블이다. 어쨌든 그 위에는 양장 제본한 오래된 책들이 놓여 있다. 《두견새》*, 《도손** 시집》, 《마쓰이 스마코의 일생》, 《신아사카오 일기》***, 《카르멘》****, 《높은 산에서 골짜기를 내려다보면》***** 그리고 여성 잡지 서너 권이 보인다. 그런데 유감스럽게도 내 소설은 단 한 권도 보이지 않는다.

책상 옆 니스칠이 벗겨진 자그마한 탁자에는 목이 가느다란 유리 화병이 있고, 꽃잎 하나가 떨어진 백합 조화가 솜씨 좋게 꽂혀 있다. 아마 꽃잎만 멀쩡했어도 여전히 카페 테이블을 장식하고 있었을 물건이다. 그 위 벽에는 잡지 부록 같은 그림 몇 장이 핀으로 꽂혀 있다. 한가운데는 가부라기 기요카타*****가 그린 〈겐로쿠 시대의 여인〉이고, 그 아래에는 라파엘로의 〈마돈나〉로 보이는 그림이 붙어 있다. 그리고 〈겐로쿠 시대의 여인〉 위에는 기타무라 시카이******가 조각

---

* 도쿠토미 로카의 소설. 해군 소위 남편과 장군의 딸이자 부인인 나미코의 순수한 애정이 봉건적인 가족 제도 아래 서서히 깨지는 과정을 그렸다.

** **시마자키 도손** 일본 현대시의 기틀을 마련했다는 평가를 받는 일본 근대 문학의 거장.

*** 아쿠타가와 류노스케의 단편소설.

**** 아쿠타가와 류노스케의 단편소설.

***** 일본 전래 동요의 한 구절로, 작가가 임의로 만든 소설 제목이다.

***** **가부라기 기요카타** 미인도로 유명한 화가.

****** **기타무라 시카이** 메이지 시대와 다이쇼 시대를 대표하는 일본의 조각가.

한 여자의 사진이 붙어 있는데, 그것은 옆에 붙어 있는 베토벤 사진에 유혹의 눈길을 보내고 있다. 하지만 자세히 보니 사진 밑에 '베토벤'이라고 적혀 있을 뿐, 사실은 미국 대통령 우드로 윌슨의 사진이다. 말하자면 오키미 씨는 윌슨을 베토벤으로 오해한 셈인데, 기타무라 시카이가 알면 아주 유감스럽게 생각할 것이다.

아무튼 오키미 씨의 취미 생활이 얼마나 예술적 색채가 짙은지 굳이 더 설명하지 않아도 잘 알 것이다. 실제로 오키미 씨는 밤늦게 카페에서 돌아오면 늘 베토벤, 아니 윌슨의 사진 아래에서 《두견새》를 읽거나 백합 조화를 바라보며 비극적인 신파 영화 속 달밤 장면보다 더 감상적인 예술적 감동에 잠기곤 한다.

벚꽃이 필 무렵의 어느 날 밤, 오키미 씨는 책상 앞에 앉아서 새벽닭이 울 때까지 분홍빛 편지지에 펜으로 글을 썼다. 그런데 다 쓴 편지 한 장이 책상 밑으로 떨어진 것을 아침이 되어 카페로 나간 뒤에도 알아채지 못한 모양이다. 창문으로 들어온 봄바람이 그 편지지를 나부끼게 하여 노란 무명을 두른 거울 두 개가 놓인 계단 아래까지 떨어뜨렸다. 아래층 미용사는 오키미 씨가 이따금 연애편지를 받는다는 것을 알고 있었다. 그래서 그 분홍빛 종이도 그런 편지일 것이라 짐작하고 호기심에 읽어보았다. 뜻밖에도 오키미 씨의 글씨었다. 미용사는 연애편지에 답장이라도 쓴 것인가 싶어 보니, 편지에는 이런 구절이 적혀 있었다.

다케오 씨와 헤어졌을 때를 생각하면 눈물이 앞을 가리고 가슴이 찢어질 것만 같습니다.

오키미 씨는 밤을 새워 《두견새》의 여주인공인 나미코 부인에게 보내는 위문편지를 쓴 것이다.

나는 이 일화를 원고지에 옮기면서 오키미 씨의 감상적인 성격에 미소를 지었다. 물론 내 미소 속에는 조금의 악의도 없다. 오키미 씨의 이층 방에는 백합 조화와 《도손 시집》, 라파엘로의 〈마돈나〉 말고도 혼자 사는 데 필요한 주방 도구가 가지런히 놓여 있다. 그 도구들은 도쿄의 팍팍한 생활을 상징할 텐데, 오키미 씨가 그동안 그 속에서 얼마나 괴로웠을지 감이 잡히지 않는다. 하지만 쓸쓸하고 초라한 인생도 눈물로 흐려진 눈으로 바라보면, 그 안에 아름다운 세계가 펼쳐져 있다. 오키미 씨는 현실의 혹독한 박해에서 벗어나기 위해 예술적 감동이라는 눈물 속으로 숨은 것이다. 그곳에는 한 달 6엔의 방세도, 한 되 70전의 쌀값도 없다. 카르멘은 전기요금 걱정 없이 환한 불빛 아래에서 마음 편히 캐스터네츠를 울리고, 나미코 부인도 고생은 좀 하더라도 약값을 구하지 못해 발을 동동 구르지 않아도 된다. 한마디로 말해 이 눈물은 고통스러운 인생의 황혼을 밝혀주는 인간애라는 이름의 소박한 등불이다.

아아, 도쿄의 소음이 사라져버린 한밤중에 나는 젖은 눈을 들어 어슴푸레한 십 촉 전등 아래에서 홀로 즈시*의 바닷바람과 코르도바**의 협죽도를 꿈꾸는 오키미 씨를 머릿속에 떠올리고 있다. 이런 젠장, 악의가 없기는커녕 자칫하면 나조차 감상에 빠질 뻔했다. 평소 비평가들한테 인정머리 하나 없이 지극히 이성적이라는 말을 듣는 나인데 말이다.

어느 겨울밤, 한번은 오키미 씨가 카페에서 늦게 돌아와서는 여느 때처럼 책상 앞에 앉아 《마쓰이 스마코의 일생》을 읽고 있었다. 그런데 무슨 영문인지 한 페이지도 채 넘기기 전에 갑자기 다다미 바닥에 책을 휙 내팽개쳤다. 그러고는 옆으로 비스듬히 앉더니 책상에 턱을 괸 채 벽에 걸린 윌슨 아니, 베토벤을 차갑게 노려보았다. 아무래도 예삿일 같

* **즈시** 일본 가나가와현에 있는 유명한 해변으로, 《두견새》의 주인공 나미코 부인이 찾아간 곳이다.

** **코르도바** 스페인 남부의 도시

지 않다. 혹시 카페에서 해고라도 당한 것은 아닐까? 오마쓰 씨의 괴롭힘이 한층 더 심해진 것일까? 그렇지 않으면 충치라도 앓는 것일까? 그렇지는 않은 것 같다. 그런 시시껄렁하고 속된 일이 오키미 씨의 마음을 흔들 리 없다. 오키미 씨는 나미코 부인이나 마쓰이 스마코처럼 사랑 때문에 괴로워하는 것이다.

그렇다면 오키미 씨는 과연 누구에게 마음을 주고 있는 것일까? 다행스럽게도 오키미 씨는 여전히 벽에 붙은 베토벤을 바라보며 꼼짝을 하지 않고 있는데, 그녀가 그러는 동안 재빨리 그녀의 영광스러운 연애 상대를 소개하겠다.

오키미 씨의 연애 상대는 다나카 군이라고 불리는, 무명의 예술가라 해두자. 이렇게 소개하는 이유는 다나카 군은 시도 짓고, 바이올린도 연주하고, 유화도 그리고, 배우 노릇도 하고, 가루타*도 굉장히 잘하고, 사쓰마 비와**까지 능숙하게 다룰 줄 아는 만능 재주꾼이기 때문이다. 그래서 무엇이 본업이고 무엇이 취미인지 구분할 수 없을 정도인데, 인물을 놓고 보아도 보통내기가 아니다. 얼굴은 배우답게

* **가루타** 일본의 전통 카드놀이.
** **사쓰마 비와** 일본의 전통 현악기.

반반하고, 머릿결은 유화처럼 번들거리며, 목소리는 바이올린처럼 부드럽고, 말솜씨는 시처럼 매혹적이다. 그런가 하면 여자를 유혹할 때는 가루타 카드를 집을 때처럼 민첩하고, 돈을 빌릴 때는 사쓰마 비와를 켜듯 당당하니 기백이 넘친다. 다나카 군은 챙 넓은 검은 모자를 푹 눌러쓰고 싸구려 사냥복을 입고 포도색 보헤미안 넥타이를 매고 있다. 자, 이 정도 설명하면 어떤 사람인지 대충 짐작할 수 있을 것이다.

이런 다나카 군 같은 부류는 일종의 전형적인 타입이라, 간다나 혼고 근처의 바나 카페, 청년회관이나 음악학교의 연주회(가장 저렴한 자리로 한정되지만), 가부토야 화랑이나 산카이도 전시회 같은 곳에 가면, 오만한 눈빛으로 일반인을 내려다보는 그들을 흔히 만날 수 있다. 좀 더 분명한 다나카 군의 모습을 보고 싶으면, 그런 장소를 직접 찾아가기 바란다. 이제 다나카 군에 대해서는 그만 써야겠다. 내가 다나카 군을 소개하느라 진땀을 흘리는 사이, 마침 오키미 씨가 자리에서 일어나 창밖의 차가운 달밤을 내다보고 있기 때문이다.

기와지붕 위에 떠 있는 달은 유리 화병에 꽂힌 백합 조화를 비추고 있다. 그뿐 아니라 벽에 붙여 놓은 라파엘로의 자그마한 마돈나도 비추고, 오키미 씨의 위로 살짝 들린 코끝도 비추고 있다. 하지만 웬일인지 오키미 씨의 시원시원한 눈에는 달빛이 비치지 않는다. 서리가 내린 듯한 기와지붕 따위는 안중에도 없다

오늘 밤 다나카 군은 오키미 씨를 카페에서부터 이곳까지 바래다주었다. 그런 데다 내일 밤에는 둘이 즐거운 시간을 보내자고 약속까지 했다. 마침 내일은 한 달에 한 번 돌아오는 오키미 씨의 휴일이라, 오후 여섯 시에 오가와마치 전차 역에서 만나 시바우라에 가서 이탈리아 서커스를 보기로 했다. 오키미 씨는 여태껏 남자와 단둘이 놀러 간 적이 없다. 그러니 내일 밤 다나카 군과 다른 연인들처럼 곡마단 공연을 나란히 볼 생각에 심장이 마구 뛰는 것은 너무도 당연한 일이리라.

오키미 씨에게 다나카 군은 보물 창고의 문을 여는 비밀 주문을 아는 알리바바와 다름없었다. 그 주문이 울려 퍼질 때, 어떤 미지의 황홀경이 눈앞에 나타날 것인가? 아까부터 달을 바라보면서도 정작 달은 보지 못하는 그녀의 가슴속에서, 휘몰아치는 바닷바람처럼 혹은 전속력으로 내달리는 자동차의 모터처럼 요동치며 떠오르는 것은 바로 눈앞에 다가올 불가사의한 세계의 환영이었다. 그곳에는 장미꽃이 흐드러진 길 위에 진주 반지와 비취 장식이 달린 허리끈이 끝없

이 흩어져 있다. 나이팅게일의 다정한 노랫소리가 미쓰코시 백화점 깃발 위에서 달콤하게 울려 퍼지는가 하면, 올리브 꽃향기 가득한 대리석 궁전에서는 더글러스 페어뱅크스*와 모리 리쓰코**의 무도회가 절정에 이르고 있다.

오키미 씨의 명예를 위해 덧붙이자면, 그 환영 속에서도 이따금 어두운 구름의 그림자가 모든 행복을 위협하듯 음산하게 스쳐 지나가곤 했다. 오키미 씨가 다나카 군을 사랑하고 있다. 이는 분명한 사실이다. 하지만 실상 다나카 군은 오키미 씨의 예술적 감동이 만들어낸 후광을 잠시 빌려 쓰고 있는 인물일 뿐이다. 시도 짓고, 바이올린도 연주하고, 유화도 그리고, 배우 노릇도 하고, 가루타도 잘하고, 사쓰마 비와까지 능숙하게 다루는 '랜슬럿 경***'같은 존재인 것이다.

오키미 씨의 내면에 깃든 신선한 직관이 이 랜슬럿 경의 수상쩍은 정체를 눈치채지 못할 리 없다. 그래서 불안의 그림자가 이따금 환영 속을 가로지르는 것이다. 그러나 유감스럽게도 그 그림자는 나타나기 무섭게 사라져 버린다. 아무리 어른스러워 보여도 오키미 씨는 많아야 열여섯이나 열일곱 살 소녀, 예술적 감동으로 가득 찬 소녀다. 옷이 비에 젖을까 걱정할 때나 라인강의 노을이 담긴 그림엽서에 감탄할 때 말고는, 그런 어두운 그림자에 마음을 두지 않는 것도 무리는 아니다. 하물며 지금은 장미가 흐드러진 길 위에 진주 반지와 비취 장식 허리끈이 끝없이 흩어져 있는 환상을 보는 중이니 더 말해 무엇하랴.

오키미 씨는 샤반느의 성 주느비에브*처럼 달빛에 젖은 기와지붕을 내려다보며 한동안 서 있다가 재채기를 한 번 하고는 창문을 닫은 뒤 다시금 책상 앞에 비스듬히 앉는다. 그러고는 그때부터 이튿날 오후 여섯 시까지 그녀가 무엇을 했는지는 작가인 나도 모른다. 왜 모르냐고? 솔직히 말해 나는 꼼짝할 수가 없다. 오늘 밤 안으로 이 소설을 끝내야 하기 때문이다.

이튿날 오후 여섯 시, 오키미 씨는 자줏빛 비단 코트에 크림색 숄을 걸치고 평소보다 훨씬 초조한 걸음으로 땅거미가

* 프랑스 화가 피에르 퓌비 드 샤반느가 그린 판테온 벽화 〈파리를 지켜보는 성 주느비에브〉에는 발코니에 선 성녀가 잠든 파리를 내려다보는 장면이 묘사되어 있다.

밀려든 오가와마치 전차역으로 나갔다. 다나카 군은 늘 그렇듯 챙 넓은 검은 모자를 푹 눌러쓴 채 은빛 손잡이가 달린 가느다란 지팡이를 옆구리에 끼고서 짙은 줄무늬 반코트 깃을 세우고는, 붉은 전등 아래 꼼짝도 하지 않고 서서 오키미 씨를 기다리고 있었다. 하얀 얼굴이 평소보다 더 눈부신 데다 향수 냄새까지 살짝 풍기는 것으로 보아 오키미 씨와의 만남을 위해 특별히 신경을 쓴 것 같았다.

"오래 기다렸어?"

오키미 씨는 다나카 군의 얼굴을 올려다보며 숨찬 듯한 목소리로 물었다.

"아니."

다나카 군은 가볍게 대답하고 알쏭달쏭한 눈웃음을 지으며 오키미 씨의 얼굴을 가만히 바라보았다. 그러다 갑자기 몸을 한 차례 부르르 떨었다.

"좀 걷지."

다나카 군은 이렇게 덧붙여 말했다. 아니, 덧붙이기만 한 것이 아니었다. 다나카 군은 어느새 아크등 불빛 아래 행인이 북적이는 스다초 쪽으로 발걸음을 옮기고 있었다. 서커스장이 있는 시바우라로 가려면 걷는다 해도 간다바시 쪽으로 향해야 했다. 오키미 씨는 그 자리에 멈춰 서서, 먼지 섞인 바람에 나부끼는 크림색 숄을 한 손으로 여미며 의아한 듯 물었다.

"그쪽으로 가게?"

"응."

다나카 군은 어깨 너머로 대답하고 태연하게 스다쵸 쪽으로 걸어갔다. 오키미 씨도 하는 수 없이 다나카 군을 따라서 바람에 잎이 흔들리는 버드나무 가로수 아래를 바쁘게 걸었다. 그러자 다나카 군은 또다시 그 알쏭달쏭한 눈웃음을 짓고는 오키미 씨의 옆얼굴을 힐끔거리며 말했다.

"아쉽게도 시바우라의 서커스는 어젯밤을 마지막으로 끝났대. 그러니 오늘 밤은 내가 아는 집에 가서 함께 저녁이나 먹는 게 어때?"

"그래? 나는 어디든 좋아."

오키미 씨는 다나카 군이 살며시 자기 손을 잡은 것을 느끼며 기대와 두려움에 떨리는 희미한 목소리로 답했다. 그와 동시에 그녀의 눈에는 《두견새》를 읽을 때처럼 감동에 찬 눈물이 맺혔다. 이 눈물 너머로 비친 오가와마치, 아와지쵸, 스다쵸의 거리가 얼마나 아름다웠던가. 연말 세일을 알리는 음악대 소리, 눈부실 정도로 반짝이는 은단 광고 전등, 크리스마스를 축복하는 삼나무 장식, 거미줄 같은 철사에 매달린 만국기, 쇼윈도의 산타클로스, 노점에 줄지어 진열된 그림엽서와 일력 등 모든 것이 사랑의 기쁨을 노래하며 세계 끝까지 이어지는 듯했다. 오늘 밤만은 별빛조차 따스하고 이따금 불어오는 먼지바람이 코트 자락을 펄럭이는가 싶더니 이내 봄이 돌아온 듯 따뜻한 공기로 바뀌곤 했다. 행복, 행복, 행복….

그렇게 황홀한 감상에 젖어 있던 오키미 씨가 문득 정신을 차리고 보니, 어느덧 두 사람은 골목을 꺾어 들어가 폭이 좁은 길을 걷고 있었다. 길 오른편에는 작은 채소가게가 하나 있었는데, 밝은 가스등 아래 무, 당근, 배추, 파, 작은 순무, 쇠귀나물, 우엉, 토란, 사과, 귤 따위가 산처럼 쌓여 있었다. 그 앞을 지날 때 오키미 씨의 시선이 파 더미에 꽂혀 있는 가격표에 머물렀다. 대나무로 만든 가격표에는 서툰 글씨로 '한 단에 4전'이라고 적혀 있었다.

물가가 치솟은 요즘, 파 한 단에 4전이라니! 터무니없이 싼 가격을 본 순간, 연애와 예술에 취해 있던 오키미 씨의 행복한 마음 한구석에 숨죽여 있던 실생활에 대한 의식이 고개를 불쑥 쳐들었다. 그야말로 눈 깜짝할 사이에 일어난 일이었다. 장미와 반지와 나이팅게일과 미쓰코시 백화점의 깃발이 오키미 씨의 눈앞에서 일제히 사라졌다. 그 대신 방세,

쌀값, 전기요금, 난방비, 반찬값, 간장값, 신문 대금, 화장품값, 전차 요금을 비롯해 온갖 생활비가 과거의 고된 경험과 한데 뒤섞여, 마치 불나방 떼가 불꽃에 몰려들 듯 그녀의 작은 가슴속으로 사방팔방에서 들이닥쳤다.

오키미 씨는 자기도 모르게 채소가게 앞에서 걸음을 멈추었다. 어안이 벙벙해진 다나카 군을 홀로 남겨두고 가스등 불빛이 환하게 쏟아지는 가게 안으로 들어갔다. 그러고는 가느다란 손가락으로 '한 단에 4전'이라는 가격이 적힌 파 더미를 가리키며 마치 노래하는 듯한 목소리로 말했다.

"저거 두 단 주세요."

먼지바람이 날리는 거리에는 챙 넓은 검은 모자를 푹 눌러쓰고 짙은 줄무늬 반코트 깃을 세운 다나카 군이 은빛 손잡이가 달린 가느다란 지팡이를 옆구리에 낀 채 외로운 그림자처럼 덩그러니 서 있었다. 다나카 군의 머릿속에는 아까부터 이 길 끝에 있는 격자문 달린 집이 떠오르고 있었다. 처마 아래 '마쓰노야*'라고 적힌 등불이 걸려 있고, 현관의 댓돌이 촉촉하게 젖어 있는 조금은 허술한 이층집이었다. 그런데 길 한복판에 멍하니 서서 바라보자니, 그 아담한 이

* **마쓰노야** 다이쇼 시대 일본의 전통 요릿집으로, 둥근 종이 등불을 달아 영업을 알리던 비교적 격식 있는 식당을 가리킨다.

층집의 환영이 다나카 군의 시야에서 묘하게 점점 옅어져 갔다. 그 대신 '한 단에 4전'이라는 가격표가 꽂힌 파 더미가 그의 머릿속을 가득 채우기 시작했다. 그러다 어느 순간 온갖 상상이 산산조각 나며 먼지바람이 휙 하고 스쳐 지나갔고, 그와 동시에 실생활처럼 매캐하게 눈을 찌르는 파 냄새가 실제로 다나카 군의 코끝을 사정없이 때렸다.

"기다리게 해서 미안해."

가련한 다나카 군은 마치 생판 모르는 사람이라도 보는 듯, 세상에 다시 없을 한심하고 처량한 눈빛으로 오키미 씨의 얼굴을 뚫어지게 바라보았다. 머리를 단정히 가르고 물망초 비녀를 꽂은 채, 코끝이 살짝 들린 얼굴을 한 오키미 씨는 크림색 숄을 턱 끝으로 고쳐 누른 채였다. 그녀의 한 손에는 8전을 주고 산 파 두 단이 들려 있었다. 그 시원스러운 눈동자에는 진심으로 행복한 듯한 미소가 넘실거리고 있었다.

어떻게든 소설을 마침내 완성했다. 이제 곧 날이 밝을 것이다. 밖에서 추위에 떠는 듯한 닭 울음소리가 들린다. 애써서 소설을 완성했는데, 왜 이리 기분이 울적한 것일까? 오키미 씨는 그날 밤 아무 일 없이 미용실 이층 방으로 돌아왔다. 하지만 카페 일을 그만두지 않는 한, 그 뒤로도 다나카와 단둘이 놀러 나가는 일이 없으리라고는 장담할 수 없다. 그때 일을 생각하면…. 아니, 그때 일은 그때 가서 생각할 일이다. 내가 지금 걱정해 본들 어떻게 할 수 있는 문제도 아니지 않은가. 이쯤에서 펜을 내려놓자. 오키미 씨, 이만 안녕.

그나저나 오늘 밤도 그날 밤처럼 씩씩하게 이곳을 나가서, 부디 비평가들에게 시원하게 퇴박맞고 돌아오자.

겨울 꿈

Winter Dreams

F. 스콧 피츠제럴드(Francis Scott Key Fitzgerald, 1896~1940)

미국 미네소타주 출신, 재즈 시대의 화려함과 허무를 섬세하게 그려낸 20세기 미국 문학의 대표 작가다. 《위대한 개츠비》, 《아름다운 그리고 저주받은 사람들》, 《밤은 부드러워》 등에서 사랑, 야망, 몰락을 세련된 문체로 탐구했다. 시대의 환상과 개인의 비극을 동시에 담아낸 그의 작품은 당대에는 과소평가되었으나, 사후 재조명되며 미국 문학의 고전으로 자리 잡았다.

—

1

캐디들 가운데에는 지지리 가난한 이들도 있고, 앞마당에 신경쇠약 걸린 듯한 소 한 마리를 세워 둔 단칸집에 사는 이들도 있었다. 하지만 덱스터 그린의 아버지는 블랙베어에서 두 번째로 손꼽히는 식료품점을 운영하고 있었다. 가장 잘나가는 곳은 '더 허브'였는데, 세리아일랜드에서 온 부유한 사람들이 드나드는 가게였다. 덱스터가 캐디 일을 한 것은 그저 용돈을 벌기 위해서였다.

가을이 되어 날이 서늘하고 하늘은 잿빛으로 바뀌어, 길고 긴 미네소타의 겨울이 상자의 하얀 뚜껑처럼 닫혀 버리면, 덱스터의 스키는 골프장의 페어웨이를 뒤덮은 눈 위를 미끄러져 갔다. 이 무렵, 마을은 그에게 깊은 우울을 안겨 주었다. 긴 계절 동안 골프장은 텅 비어 볼품없는 참새들만 어슬렁거렸고, 그 모습은 그를 언짢게 했다. 여름이면 화려한 빛깔이 나부끼던 그 티박스 자리는, 이제 무릎까지 차오른 모래 상자들이 얼음에 덮인 채 버려진 듯 보였다. 언덕을 넘을 때면 바람은 뼛속까지 스며들 듯 차가웠고, 해가 떠 있을 때조차 그는 사방에서 쏟아지는 매서운 눈부심을 견디느라 눈을 가늘게 뜨고 터벅터벅 걸어야 했다.

사월이 되자 겨울은 갑작스레 끝났다. 눈은 빨간 공과 검은 공을 들고 성급히 필드로 나선 골퍼들을 기다릴 새도 없이, 머뭇거림조차 없이 블랙베어 호수로 녹아 흘렀다. 어떠한 들뜸도 없었고 물기가 반짝이는 찰나조차 남기지 않았다. 그렇게 추위는 사라졌다.

덱스터는 이 북부의 가을에 무언가 화려하고 찬란한 것이 있음을 알았듯, 봄에는 어딘가 쓸쓸함이 깃들어 있다는 것 또한 알고 있었다. 가을이 오면 그는 두 주먹을 꽉 쥐고 몸을 떨며 의미 없는 문장들을 혼잣말로 되풀이했고, 상상 속의 청중과 군대를 향해 기세 좋고 단호한 지휘 동작을 해 보이기도 했다. 시월은 그를 희망으로 채웠고, 십일월이 되면 그 희망은 일종의 황홀한 승리감으로 고조되었다. 그런 기분에 젖어 있을 때면 셰리아일랜드에서 보낸 여름날의 눈부신 잔상들이 덧없이 스쳐 지나가고, 그의 상상은 쓸 만한 재료로 이미 차고 넘쳤다. 그는 페어웨이 위에서 수없이 반복되는 시합에서 T. A. 헤드릭 씨를 멋지게 꺾고 챔피언이 되는 상상을 했다. 그 시합은 세부를 하나씩 바꿔가며, 지치지도 않고 그의 상상 속에서 되풀이되었다. 어떤 때에는 거의 우스울 만큼 손쉽게 이겼고, 어떤 때에는 뒤처진 상황에서 극적으로 역전했다. 또 모티머 존스 씨처럼 피어스 애로*에 서 내려 셰리아일랜드 골프 클럽의 라운지로 무심하게 걸어 들어가거나 경탄하는 관중에 둘러싸여 클럽 호수 위의 다이 빙대에서 화려한 다이빙 시범을 보이기도 했다. 놀란 얼굴 로 지켜보는 사람들 가운데에는 모티머 존스 씨도 있었다.

그러던 어느 날, 마침내 존스 씨가—상상 속의 인물이 아 니라, 진짜 그 사람이—눈에 눈물을 글썽이며 덱스터에게 다가왔다. 그는 덱스터가 클럽에서 가장 훌륭한 캐디라며, 자신이 충분히 대우해 줄 테니 그만둘 생각은 하지 말아 달 라고 했다. 다른 캐디들은 홀을 한 번 돌 때마다 어김없이 공을 하나씩 잃어버린다는 것이었다.

"아닙니다." 덱스터가 단호하게 말했다. "이제 캐디 일을 하고 싶지 않습니다." 그러고는 잠시 멈춘 뒤 덧붙였다. "너 무 늙었어요."

"자넨 열네 살도 안 됐잖아. 도대체 왜 하필 오늘 아침에 갑자기 그만두겠다고 결심한 거지? 다음 주에 나와 함께 주

* **피어스 애로** 20세기 초 미국의 대표적 인 고급 자동차 브랜드로, 상류층의 상징처 럼 여겨졌다.

토너먼트에 나가기로 약속했잖아.”

“제가 너무 늙었다고 생각했기 때문입니다.”

덱스터는 ‘A클래스’ 배지를 반납하고, 캐디 마스터에게서 정산받을 돈을 챙긴 뒤 블랙베어 마을의 집으로 걸어갔다.

“내가 본 캐디 중에… 최고였는데.” 그날 오후, 모티머 존스 씨가 술잔을 앞에 두고 외쳤다. “공을 한 번도 잃어버린 적이 없어, 성실하고, 영리하고, 말이 없고, 정직하고, 감사할 줄도 알지!”

이 모든 일을 벌여놓은 건 열한 살짜리 작은 소녀였다. 몇 해 뒤 말로 다 표현할 수 없을 만큼 눈부시게 자라, 숱한 남자들에게 끝없는 좌절을 안길 운명의 아이들이 대개 그렇듯, 그때의 그녀는 유난히 못생겨 보였다. 그러나 이미 그 조짐은 있었다. 미소 지을 때 입꼬리가 아래로 처지는 모양새라든지, 또―오, 세상에나!―그 눈빛에는 거의 열정적이라 부를 만한 불경함이 담겨 있었다. 이런 여자들에게서 생명력은 일찍부터 모습을 드러낸다. 지금도 그것은 분명히 드러나 그녀의 가냘픈 몸을 통해 일종의 광채처럼 빛나고 있었다.

그 여자아이는 아침 아홉 시에 하얀 리넨 옷을 입은 보모와 함께 들뜬 기색으로 골프장에 나왔다. 보모는 새 골프채

다섯 자루가 든 흰 캔버스 가방을 들고 있었다. 덱스터가 처음 그 아이를 보았을 때, 그녀는 캐디 하우스 옆에 서서 어딘가 불편해 보였고, 그 사실을 감추려는 듯 보모에게 부자연스러운 대화를 걸며 엉뚱한 표정을 짓고 있었다.

"날씨 정말 좋네요, 힐다." 덱스터는 그녀의 말을 들었다. 그녀는 입꼬리를 내려뜨린 채 웃으며 슬쩍 주위를 둘러보다가, 눈길이 잠깐 덱스터를 스쳤다.

그러곤 보모에게 말했다.

"오늘 아침엔 사람이 별로 없는 것 같죠? 그죠?"

그녀는 다시 미소를 지었다. 눈부시고 작위적인 티가 났지만, 그럴듯한 미소였다.

"이제 우리가 뭘 해야 하는지 모르겠네요." 보모는 시선을 주지 않은 채 말했다.

"아, 괜찮아요. 제가 알아서 할게요."

덱스터는 입을 약간 벌린 채 꼼짝하지 않고 서 있었다. 한 걸음 앞으로 나아가면 그녀의 시야에 자신이 들어올 것이고, 뒤로 물러서면 그녀의 얼굴을 온전히 볼 수 없게 되리라는 걸 그는 알고 있었다. 그는 잠시, 그녀가 이렇게나 어리다는 사실을 잊고 있었다. 그러다 그제야 지난해 블루머 반바지를 입은 그녀를 몇 차례 보았던 기억이 떠올랐다.

갑자기 짧은 웃음이 툭 하고 나왔다. 그는 스스로 놀라 몸을 돌려 서둘러 걸음을 옮겼다.

"이봐요!"

덱스터가 걸음을 멈췄다.

"저기요….."

의심의 여지없이 그에게 말을 걸어온 것이었다. 그뿐이 아니었다. 그는 도무지 어울리지 않으면서도 쉽게 잊히지 않을 그 미소를 마주해야 했다. 적어도 열두 명의 남자가 중년이 될 때까지 마음속에 간직하게 될 그런 미소였다.

"저기, 골프 선생님이 어디 있는지 알아요?"

"레슨 중이에요."

"그럼 캐디 마스터는?"

"아직 안 오셨어요."

"아." 그녀는 한동안 어쩔 줄 몰라 하며 오른발과 왼발을 번갈아 디디고 서 있었다

"캐디를 구하고 싶어서요." 보모가 말했다. "모티머 존스 부인이 여기에서 골프를 치라고 해서 왔는데, 캐디가 없으면 어떻게 해야 할지 모르겠네요."

존스 양이 험악한 눈짓을 하더니 곧바로 미소를 지어 보이자, 보모는 말을 멈췄다.

"캐디는 저밖에 없어요." 덱스터가 보모에게 말했다. "전 캐디 마스터가 올 때까지는 자리를 비울 수 없어요."

"아."

존스 양과 보모는 물러나 덱스터에게서 적당히 떨어진 곳에서 격렬한 언쟁을 벌이기 시작했다. 대화는 존스 양이 골프채 하나를 집어 들어 땅바닥에 거칠게 내리치고서야 멈췄다. 그러나 그것만으로는 분이 풀리지 않는다는 듯, 그녀는 다시 골프채를 치켜들어 보모의 가슴팍을 향해 힘껏 내리치려 했다. 그 순간 보모가 골프채를 낚아채 비틀며 그녀의 손에서 빼앗았다.

"이 젠장맞을 늙은이 같으니!" 존스 양이 제정신이 아닌 듯 소리쳤다.

또다시 말다툼이 이어졌다. 이 장면에 희극적인 요소가 있음을 깨달은 덱스터는 몇 번이나 웃음을 터뜨릴 뻔했지만 그때마다 소리가 새어 나오기 전에 간신히 참아냈다. 그는 그 어린 여자애가 보모를 때리려 한 것이 정당하다는 괴상망측한 확신을 떨칠 수 없었다.

때마침 캐디 마스터가 나타났고 보모는 곧바로 그에게 사정을 전하며 상황을 수습했다.

"존스 양에게 어린 캐디가 필요해요. 그런데 이 아이는 갈

수가 없다고 하네요."

"매케나 씨가 마스터님이 오실 때까지 여기서 기다리라고 했어요." 덱스터가 재빨리 말했다.

"그래, 마침 그분이 왔군요." 존스 양은 캐디 마스터를 향해 밝게 웃었다. 그러고는 가방을 떨어뜨린 채, 뽐내는 듯한 잰걸음으로 첫 번째 티박스를 향해 걸어갔다.

"뭐 해?" 캐디 마스터가 덱스터를 돌아보았다. "왜 바보처럼 거기 서 있어? 얼른 가서 아가씨의 골프채를 챙기지 않고."

"오늘은 나갈 마음이 없습니다." 덱스터가 말했다.

"마음이 없다고…."

"그만둘까 합니다."

자신이 내린 결정의 엄청난 무게감이 스스로를 겁먹게 했다. 그는 사랑받는 캐디였고, 여름 동안 벌어들인 월 삼십 달러는 호수 주변 어디에서도 쉽게 벌 수 있는 돈이 아니었다. 하지만 그가 받은 정서적 충격은 너무 커서, 이 동요를 잠재우려면 즉각적이고도 격렬한 돌파구가 필요했다.

그러나 이것은 그렇게 단순한 문제가 아니었다. 앞으로도 자주 그러하겠지만, 덱스터는 자기도 모르는 사이 겨울 꿈에 지배당하고 있었던 것이다.

2

물론 이 겨울 꿈의 성격과 계절감은 그때그때 달라졌지만, 꿈을 이루는 본질만큼은 그대로 남아 있었다. 훗날 덱스터는 이 겨울 꿈에 이끌려, 아버지가 충분히 학비를 대 줄 수 있었던 주립대학의 경영학 과정 대신, 늘 자금이 넉넉지 않아 신경을 곤두세워야 했던 동부의 더 오래되고 명성 있는 대학을 선택하게 되었다. 그러나 그의 겨울 꿈이 처음에는 부자들에 대한 동경에서 비롯되었다고 해서, 이 소년에게 단지 속물적인 면모만 있었다고 생각하지는 말아 달라. 그가 바란 것은 반짝이는 사람들과 어울리는 일이 아니라, 반짝이는 것들 그 자체였다. 그는 왜 그것을 원하는지도 모른 채 가장 좋은 것을 향해 손을 뻗곤 했고, 그러다 때로는 삶이 제멋대로 들이대는, 설명하기 어려운 거절과 금지에 부딪히기도 했다. 이 이야기가 다루는 것은 그의 인생 전체가 아니라, 바로 그런 거절 가운데 하나다.

그는 돈을 벌었다. 제법 놀랄 만한 일이었다. 대학을 졸업한 뒤 그는 블랙베어 호수로 몰려드는 부유한 사람들의 발길이 향하던 바로 그 도시로 갔다. 스물세 살의 나이에 그곳에 온 지 두 해도 채 되지 않아, 벌써 사람들 사이에서는 "저기 괜찮은 친구가 있어."라는 말이 돌기 시작했다. 그의 주변에서 부잣집 자식들은 채권을 위태롭게 팔거나, 물려받은 재산을 성급하게 투자하거나, 아니면 스물네 권짜리 《조지 워싱턴 상업 과정》을 꾸역꾸역 읽어 내려가고 있었지만, 덱스터는 자신의 대학 졸업장과 자신감 넘치는 말솜씨를 밑천으로 천 달러를 빌려 세탁소의 동업 지분을 샀다.

시작은 작은 세탁소 하나였지만, 덱스터는 영국인들이 고급 모직 골프 양말을 쪼그라들지 않게 세탁하는 특별한 기술을 배워 일 년 만에 니커보커스*를 입는 손님을 상대로 장사를 하게 되었다. 사람들은 골프공을 잘 찾아주는 캐디를 고집하듯, 셰틀랜드산 양말과 스웨터는 반드시 그의 세탁소에 맡겨야 한다고 여겼다. 얼마 지나지 않아 그는 부인들의 속옷까지 맡게 되었고, 마침내 그 도시 곳곳에 다섯 개의 지점을 운영하게 되었다. 스물일곱이 되기도 전에 그는 이미 그 지역에서 가장 큰 세탁소 체인의 주인이 되었다. 그리고 그 무렵, 그는 그것을 팔고 뉴욕으로 떠났다. 그러나 우리가 주목하려는 이야기는 그 이후가 아니라, 그가 처음으로 큰 성공을 손에 넣던 바로 그 시절로 거슬러 올라가야 한다.

* **니커보커스** 무릎 아래에서 단추나 끈으로 여며 입는 짧은 바지로, 20세기 초 유행한 야외 스포츠 복장이다.

그가 스물세 살 때, "저기 괜찮은 친구가 있어." 하고 즐겨 말하던 백발의 신사들 가운데 한 명인 하트 씨가 그에게 셰리아일랜드 골프 클럽의 주말 초대권을 건넸다. 그렇게 덱스터는 어느 날 고객 명부에 사인을 하고, 오후에 하트 씨와 샌드우드 씨, 그리고 T. A. 헤드릭 씨와 함께 네 명이 한 조가 되어 골프를 쳤다. 그는 자신이 한때 바로 이 골프 코스에서 하트 씨의 가방을 메고 다녔다는 사실이나, 눈을 감고도 모든 벙커와 도랑을 훤히 꿰고 있다는 사실을 굳이 말할 필요는 없다고 생각했다. 하지만 그들 뒤를 따라오는 네 명의 캐디를 힐끗거리게 되었는데, 그들에게서 자신의 옛 모습을 떠올리게 할 만한 눈빛이나 몸짓을 찾아내어, 현재의 자신과 과거의 자신 사이에 놓인 그 간극을 조금이라도 좁히고 싶어 했다.

그날은 어딘가 묘한 하루였다. 순간순간 스쳐가는 익숙한 기억들이 불쑥 끼어들어 하루를 난도질했다. 어떤 때는 자신이 이 자리에 끼어든 침입자처럼 느껴졌고, 바로 다음 순간에는 T. A. 헤드릭 씨를 향한 압도적인 우월감에 사로잡히기도 했다. 헤드릭 씨는 따분한 사람이었고, 이제는 골프 실력도 예전 같지 않았다.

그때 하트 씨가 15번 홀 부근에서 공 하나를 잃어버리면서 엄청난 소동이 벌어졌다. 그들이 러프*의 뻣뻣한 풀숲을 뒤지고 있을 때, 뒤편 언덕 너머에서 "공 날아가요!" 하는 외침이 또렷이 들려왔다. 모두가 동시에 고개를 돌린 순간, 새것처럼 반짝이는 공 하나가 언덕을 가로질러 날아와 T. A. 헤드릭 씨의 복부를 강타했다.

"이런!" 헤드릭 씨가 외쳤다. "저런 정신 나간 여자들은 골프장에 못 나오게 해야 해. 정말이지 참을 수가 없어."

언덕 너머로 머리 하나와 목소리 하나가 동시에 불쑥 솟아올랐다.

"지나가도 될까요?"

"당신이 내 배를 맞혔단 말이오!" 헤드릭 씨가 항의했다.

"그랬나요?" 그녀가 남자들 쪽으로 다가왔다. "미안해요. 제가 '공 날아가요!' 하고 외쳤잖아요."

그녀는 남자들을 한 명씩 무심하게 지나치듯 바라보고는, 자기 공을 찾으려고 페어웨이를 뒤졌다.

"제 공이 러프로 튀어 들어갔나요?"

이 물음이 순진한 것인지, 악의가 있는 것인지는 쉽게 가늠할 수 없었다. 하지만 그런 의심은 곧 사라졌다. 그녀의

---

* **러프** 골프장 페어웨이 바깥에 있는, 풀이 길게 자라 공을 치기 어려운 구역.

파트너가 언덕을 넘어오자, 그녀는 밝게 외쳤다. "나 여기 있어! 어딘가에 맞지 않았다면 공은 그린으로 갔을 거야."

그녀가 짧은 아이언 샷을 위해 자세를 잡자, 덱스터는 그녀를 유심히 바라보았다. 파란 체크무늬 원피스를 입고 있었고, 목과 어깨 둘레를 두른 흰 장식이 햇볕에 그을린 피부를 한층 돋보이게 했다. 열한 살 무렵, 열정적인 눈빛과 아래로 처진 입꼬리를 우스꽝스럽게 만들었던 그 과장되고 가냘픈 기색은 이제 사라지고 없었다. 그녀는 숨이 멎을 만큼 아름다웠다.

두 뺨에 오른 홍조는 뺨 한가운데에 그림처럼 스며 있었지만, 흔히 말하는 '짙은 색'은 아니었다. 수시로 달아오르는 열기에서 생겨난 듯한 색이 아주 미묘하게 번져 있다가, 금세 옅어져 사라질 것처럼 보였다. 이 홍조와 끊임없이 움직이는 입꼬리에서는 거침없는 생의 흐름과 열정적인 활력이 쉼 없이 드러났다. 그 넘침을 간신히 붙들어두는 것은, 슬픔이 스친 듯하면서도 은근한 빛을 머금은 그녀의 눈길뿐이었다.

그녀는 조급하고 무심하게 아이언을 휘둘러 공을 그린 너머 벙커에 빠뜨렸다. 재빨리 가식적인 미소를 지으며 "고마워요!" 하고는 공이 떨어진 쪽으로 걸어갔다.

"저 주디 존스 말이야!" 다음 티에서 그녀가 플레이를 끝낼 때까지 기다리던 중, 헤드릭 씨가 말했다. "저런 애는 딱 여섯 달쯤 엎어 놓고 볼기를 친 뒤에 고루한 기병대 대위한테 시집보내 버려야 해."

"세상에, 정말 예쁘긴 하네." 서른을 조금 넘긴 샌드우드 씨가 말했다.

"예쁘다고?" 헤드릭 씨가 경멸하듯 외쳤다. "늘 키스해 달라고 조르는 얼굴이잖아! 암소 같은 눈을 굴리며 마을의 송아지란 송아지는 다 훑어보면서 말이야."

헤드릭 씨의 말은 그녀의 모성 본능을 염두에 둔 것은 아닌 듯했다.

"조금만 노력하면 골프도 꽤 잘 칠 것 같네요." 샌드우드 씨가 말했다.

"폼이 안 잡혔어." 헤드릭 씨가 진지하게 말했다.

"몸매는 좋잖아요." 샌드우드 씨가 다시 말했다.

"공을 더 빨리 치지 못하는 게 얼마나 다행인지." 하트 씨가 덱스터를 향해 윙크하며 말했다.

늦은 오후, 태양은 금빛과 변화무쌍한 푸른빛, 진홍빛이 뒤섞인 소란스러운 소용돌이 속에서 저물었고, 건조하고 바스락거리는 서부의 여름밤이 남았다. 덱스터는 골프 클럽의 베란다에 서서 잔바람에 겹겹이 포개지는 호수의 물결을 바라보았다. 보름달 아래, 물결은 은빛 당밀처럼 흘렀다. 그러다 달이 입술에 손가락 하나를 갖다 대자 호수는 창백하고 고요한, 맑은 수영장이 되었다. 덱스터는 수영복을 입고 가장 먼 플랫폼까지 헤엄쳐 나가, 다이빙대의 젖은 캔버스 위에 물방울을 흘리며 몸을 쭉 뻗었다.

물고기 한 마리가 튀어 오르고, 별 하나가 반짝이며, 호숫가의 불빛들이 빛나고 있었다. 어두운 대지 너머에서는 피아노 한 대가 지난여름과 지지난 여름의 노래들, 〈친친〉과 〈룩셈부르크 백작〉, 〈초콜릿 병정〉을 연주하고 있었다. 물 위로 퍼지는 피아노 소리는 덱스터에게 늘 아름답게 느껴졌기에, 그는 꼼짝하지 않고 누워 그 소리에 귀를 기울였다.

그 순간 피아노가 연주하고 있던 곡은 덱스터가 대학 2학년이던 오 년 전만 해도 유쾌하고 참신하게 들리던 노래였다. 그는 무도회에 갈 형편이 되지 않아, 한번은 체육관 밖에 서서 그 음악을 들은 적이 있었다. 이 선율은 그의 마음속에서 어떤 황홀을 불러일으켰고, 바로 그 감정에 사로잡힌 채 지금 자신에게 일어나고 있는 일을 바라보고 있었다. 그것은 강렬한 감탄의 순간이었고, 한 번쯤은 자신이 삶과 완전히 맞물려 있으며, 주변의 모든 것이 다시는 반복되지 않을 환한 빛과 매혹으로 가득 차 있다고 느꼈다.

섬의 어둠 속에서 낮고 새하얀 직사각형 물체 하나가 갑자기 모습을 드러냈다. 곧 모터보트가 질주하는 소리가 요란하게 울려 퍼졌다. 그 뒤쪽으로 두 갈래로 갈라진 흰 물줄기가 자취를 남겼다. 거의 동시에 보트가 그의 곁으로 다가왔고, 물보라의 윙윙거림에 뚱땅거리는 피아노의 강렬한 소리는 묻혀버렸다. 팔을 짚고 몸을 일으킨 덱스터는 키를 잡고 서 있는 형체 하나를, 점점 벌어지는 거리 너머에서 자신을 바라보는 어두운 눈길을 알아차렸다. 이내 보트는 그를 지나쳐 호수 한가운데로 내달았고 하릴없이 커다란 원을 그리며 빙글빙글 돌더니, 이전과 다르지 않은 기묘한 움직임으로 원하나를 일그러뜨리며 다시 플랫폼 쪽으로 방향을 틀었다.

"거기 누구예요?" 그녀가 엔진을 끄며 불렀다. 이제는 거리가 몹시 가까워 덱스터는 그녀의 분홍색 원피스 수영복까지 볼 수 있었다.

보트의 뱃머리가 플랫폼에 부딪히자 플랫폼이 비스듬히 기울었고, 그는 그녀 쪽으로 휘청거리며 넘어질 뻔했다. 두 사람은 서로 다른 호기심을 품은 채 상대를 알아보았다.

"오늘 오후에 남자분들이랑 같이 골프 치던 사람 중 한 명이었죠?"

그는 그렇다고 답했다.

"모터보트 몰 줄 알아요? 할 줄 안다면, 이거 좀 몰아줬으면 해요. 나는 뒤에서 서프보드를 타고 싶거든요. 내 이름은 주디 존스예요." 그녀는 어색한 듯 능글맞은 표정으로 웃어 보였다. 정확히 말하면, 일부러 그렇게 보이려는 웃음이었다. 입을 아무리 일그러뜨려도 어색해지지는 않았고, 그저 아름다울 뿐이었다. "그리고 나는 섬에 있는 저 집에 살아요. 지금 거기엔 나를 기다리는 남자가 있어요. 그가 차를 몰고 집 앞에 도착했을 때, 나는 보트를 몰고 선착장을 떠났죠. 그가 말하길, 내가 자기 이상형이라나요."

물고기 한 마리가 튀어 오르고, 별 하나가 반짝이며, 호숫가의 불빛들이 빛나고 있었다. 덱스터는 주디 존스 옆에 앉았고, 그녀는 보트 조종법을 설명해 주었다. 그리곤 물속으로 뛰어들어, 물 위에 떠 있는 서프보드를 향해 유연하게 헤엄쳐 갔다. 그녀를 바라보는 일은 흔들리는 나뭇가지나 날아가는 갈매기를 바라보는 것처럼 자연스러웠다. 햇볕에 그을려 버터넛 빛깔을 띤 그녀의 두 팔이 희끄무레한 백금빛 잔물결 사이를 미끄러지듯 움직였다. 팔꿈치가 먼저 수면 위로 드러나고, 물방울이 장단을 맞추듯 떨어지며 팔뚝이 뒤로 젖혀졌다가 다시 앞으로 뻗으며 물길을 갈랐다.

그들은 호수 안쪽으로 나아갔다. 덱스터가 고개를 돌리자 들어 올려진 서프보드의 뒤쪽 낮은 곳에 무릎을 꿇고 앉은 그녀의 모습이 보였다.

"더 빨리 가요!" 그녀가 외쳤다. "갈 수 있는 데까지, 최대한 빨리!"

덱스터는 시키는 대로 레버를 앞으로 밀었다. 하얀 물보라가 뱃머리 위로 솟구쳤다. 그가 다시 뒤를 돌아보았을 때, 그녀는 두 팔을 활짝 벌리고 달을 향해 고개를 치켜든 채, 질주하는 서프보드 위에 서 있었다.

"너무 추워요!" 그녀가 소리쳤다. "그런데 이름이 뭐예요?"

그는 그녀에게 이름을 말했다.

"내일 저녁에 식사하러 오지 않을래요?"

그의 심장은 보트의 플라이휠처럼 크게 한 바퀴를 돌았다. 그리고 그것은, 그녀의 의도치 않은 변덕이 그의 인생에 새로운 방향을 부여한 두 번째 사건이었다.

3

다음 날 저녁, 그녀가 아래층으로 내려오기를 기다리는 동안 덱스터는 부드럽고 깊은 여름빛이 가득한 응접실과 그곳에서 이어지는 유리 현관을 이미 주디 존스를 사랑했던 사내들의 모습으로 가득 채워 보았다. 그는 그들이 어떤 부류의 사내들인지 알고 있었다. 그가 대학에 들어갔을 때 그들은 명문 예비학교 출신으로 우아한 옷차림에 건강한 여름을 보낸 짙은 갈색 피부를 가진 그런 사내들이었다. 그는 어떤 의미에서는 자신이 그들보다 낫다는 것도 알고 있었다. 그는 그들보다 더 새롭고, 더 강했다. 그러나 제 자식들은 그들처럼 되기를 바란다는 사실을 스스로 인정하는 순간, 그는 결국 자신은 그들을 영원히 솟아오르게 만드는 거칠고 강한 재료에 불과하다는 사실을 함께 인정하는 셈이었다.

좋은 옷을 입어야 할 때가 오자, 그는 미국에서 가장 뛰어난 재단사가 누구인지 알아냈고, 저녁에 입은 옷이 바로 그 재단사가 지어 준 것이었다. 그는 다른 대학들과 구별되는 자신이 나온 대학 특유의 절제된 태도를 몸에 익히고 있었다. 그런 몸가짐이 자신에게 어떤 가치를 부여하는지 알고 있었고, 그래서 그것을 기꺼이 받아들였다. 옷차림과 태도에 신경 쓰지 않는 무심함은, 사실 그것들에 세심하게 신경 쓰는 태도보다 훨씬 큰 자신감을 필요로 한다는 것도 그는 알고 있었다. 그러나 그런 무심함은 그의 자식들 몫이었다. 그의 어머니 이름은 크림슬리치였다. 그녀는 보헤미아의 농민 계급 출신으로 평생 어눌한 영어를 쓰며 살았다. 그녀의 아들인 그는, 정해진 형식을 반드시 지켜야만 했다.

일곱 시가 조금 지나 존스 양이 아래층으로 내려왔다. 그녀는 파란색 실크 칵테일 드레스를 입고 있었는데. 덱스터는 처음엔 그녀가 좀 더 격식을 갖춘 차림이 아닐까 기대했던 터라 약간 실망했다. 간단한 인사를 나눈 뒤, 그녀가 집사들이 드나드는 주방 문을 열고 안쪽을 향해 "마사, 이제 저녁 내줘." 하고 소리쳤을 때 그 실망은 더욱 또렷해졌다. 그는 집사가 저녁을 차려 놓고 칵테일도 나올 거라 예상하고 있었던 것이다. 하지만 라운지에 나란히 앉아 서로를 마주 보게 되자, 덱스터는 그런 생각을 접었다.

"아버지랑 어머니는 오늘 안 계세요." 그녀가 친절하게 말했다.

덱스터는 마지막으로 그녀의 아버지를 보았던 때를 떠올렸고, 부모가 없다는 사실이 반가웠다. 그들은 그가 누구인지 궁금해했을지도 모른다. 그는 이곳에서 북쪽으로 90킬로미터 정도 떨어진 미네소타의 키블에서 태어났고, 블랙베어가 고향이 아니라고 늘 말해 왔다. 시골 마을 출신이라는 사실 자체는 문제될 게 없었다. 다만 부유한 사람들이 모여드는 유명한 호수 마을 곁에서, 그들의 발판처럼 취급되는 처지가 아니라면 말이다.

그들은 덱스터가 다녔던 대학 이야기를 나누었다. 그녀가 지난 이 년 동안 그곳을 여러 차례 방문했다는 이야기와 세리아일랜드에 손님을 끌어다 주는 근처 도시 이야기도 오갔다. 그리고 덱스터가 다음 날이면 번창하고 있는 자신의 세탁소로 돌아갈 것이라는 얘기도 했다.

저녁 식사 도중 그녀가 시무룩해지자 덱스터는 괜히 마음이 불편해졌다. 잠긴 목소리로 투덜거리듯 내뱉는 말들이 자꾸 신경에 거슬렸다. 그녀가 무엇을 보고 웃든, 그것이 덱스터 자신이든 닭의 간이든 아니면 아무것도 아닌 것이든, 그 미소는 기쁘거나 즐거워서 짓는 웃음이 아니라는 생각이 그를 흔들어 놓았다. 붉은 입꼬리가 아래로 휘어질 때마다 그것은 미소라기보다 키스를 부르는 초대처럼 보였다.

식사가 끝난 뒤에 그녀는 그를 어두운 유리 현관으로 데려가 의도적으로 분위기를 바꾸었다.

"조금 울어도 괜찮겠어요?" 그녀가 물었다.

"제가 좀 지루했나요?" 그가 재빨리 대답했다.

"아니에요. 난 당신이 좋아요. 다만 오늘 오후에 정말 끔찍한 일이 있었어요. 좋아하던 남자가 있었는데, 느닷없이 자기 형편을 털어놓더군요. 쥐꼬리만큼도 없는 가난뱅이라고요. 전에는 그런 기색을 한 번도 보인 적이 없었어요. 이런 말, 너무 속물적으로 들리나요?"

"아마도 말하기가 두려웠을 거예요."

"그랬을지도요." 그녀가 말했다. "하지만 그는 시작부터 잘못한 거예요. 그를 가난하다고 생각하고 있었다면요, 글쎄요, 나는 가난한 남자들을 수도 없이 좋아했고, 그들과 결혼할 생각도 했었거든요. 그런데 이번에는 그를 그렇게 생각해 본 적이 없었고, 그에 대한 내 관심도 그 충격을 견뎌낼 만큼 강하지 않았어요. 마치 어떤 여자가 약혼자에게 자기가 과부라고 차분하게 말하는 것처럼요. 어쩌면 그는 과부라고 말해도 상관없었을지 모르지만⋯." 그녀는 갑자기 말을 끊었다. "우리는 시작부터 제대로 해요." 그녀가 다시 말했다. "도대체 당신은 누구예요?"

덱스터는 잠시 머뭇거리다 말했다.

"난 별 볼 일 없는 사람이에요." 그가 단호하게 말했다. 제 이력은 거의 미래형이에요."

"가난해요?"

"아니요." 그가 솔직하게 말했다. "북서부에서는 또래 중에서 내가 가장 돈을 많이 벌고 있을 거예요. 듣기 거슬리는 말인 건 알지만, 시작부터 제대로 하자고 했으니까요."

잠시 침묵이 흘렀다. 그러다 그녀가 웃었다. 입꼬리는 아래로 처진 채였고, 거의 눈치채기 힘들 만큼 몸을 기울여 그의 쪽으로 다가와 눈을 들어 그를 올려다보았다. 덱스터는 목에 덩어리가 걸린 듯 숨이 막혀왔고, 숨을 죽인 채 그 실험이 시작되기를 기다렸다. 그들의 입술에서 어떤 예측 불가능한 혼합물이 만들어질지, 그는 정면으로 맞닥뜨리고 있었다.

그리고 그는 알았다. 그녀는 자신의 흥분을 키스를 통해 아낌없이, 깊이 그에게 전하고 있었다. 그것은 어떤 약속이 아니라 이미 이루어진 성취로서의 키스였다. 다시 갈망하게 만드는 허기가 아니라, 더 많은 충만을 요구하는 포만을 불러오는 키스, 아낌없이 내주고도 오히려 부족함을 느끼게 하는, 자선과도 같은 키스였다.

덱스터는 자신이 자신감과 야망으로 가득 차 있던 어린 시절부터 줄곧 주디 존스를 원해 왔다는 사실을, 오래지 않아 깨달았다.

4

그렇게 시작된 그 관계는 감정의 강도만 달리하며 끝에 이를 때까지 줄곧 그런 조율 위에서 이어졌다. 덱스터는 자신이 만난 사람들 가운데 가장 숨김없고 부도덕한 인물에게 자신의 일부를 내어주고 있었다. 주디는 원하는 것이 무엇이든, 자신의 매력을 최대한 발휘해 그것을 향해 나아갔다. 다른 방식을 찾지도 않았고, 유리한 자리를 차지하려고 계산하거나 효과를 따져보지도 않았다. 그녀의 행동에는 거의 정신적인 개입이 없었다. 그녀는 다만 남자들로 하여금 자신의 육체적 아름다움을 최대한 의식하게 만들 뿐이었다. 덱스터는 그녀를 바꾸고 싶지 않았다. 그녀의 결핍은, 그 결핍을 넘어 정당화해 버리는 열정적인 에너지와 분리될 수 없는 것이었기 때문이다.

첫날 밤, 주디가 그의 어깨에 머리를 기대고 "나한테 무슨 문제가 있는지 모르겠어요. 어젯밤에는 어떤 남자를 사랑한다고 생각했는데, 오늘 밤에는 당신을 사랑하는 것 같아요." 하고 속삭였을 때, 그 말은 덱스터에게 아름답고 낭만적으로 들렸다. 그 순간만큼은, 그녀의 섬세하게 고조된 감정을 자신이 통제하고 소유하고 있다고 느끼게 하는 흥분이었다. 그러나 일주일 뒤, 그는 바로 그 성질을 전혀 다른 빛 속에서 보지 않을 수 없게 되었다. 그녀는 그를 자신의 로드스터에 태워 가벼운 저녁 식사 자리에 데려갔고, 식사가 끝나자 그 차를 타고 다른 남자와 함께 사라져 버렸다. 덱스터는 몹시 동요한 나머지 그 자리에 있던 다른 사람들에게 예의를 갖추는 것조차 거의 불가능했다. 그녀가 그 남자와 키스하지 않았다고 말했을 때, 그는 그 말이 거짓이라는 걸 알고 있었다. 그럼에도 자신을 위해 애써 그런 거짓말을 해 주었다는 사실에 그는 오히려 고마움을 느꼈다.

여름이 끝나기 전, 그는 자신이 그녀 주위를 맴도는 열댓 명쯤 되는 사내들 중 하나에 불과하다는 사실을 깨달았다. 그들 각자는 한때 그녀에게서 누구보다 각별한 애정을 받았다고 믿었고, 그중 절반쯤은 아직도 가끔씩 되살아나는 감상적인 기억에 기대어 스스로를 위로하고 있었다. 오랫동안 방치되어 곁을 떠날 듯 보이는 사람이 있으면, 그녀는 그에게 잠시 달콤한 시간을 허락했고, 그는 그 덕분에 다시 일 년쯤을 더 버텨낼 용기를 얻었다. 주디의 잔혹함은 어떤 악의도 없이, 이렇게 무기력하고 낙오한 사내들을 향해 드러났지만, 정작 그녀 자신은 자신의 행동에 깃든 장난스러운 잔혹함을 거의 의식하지 못하고 있었다.

새로운 남자가 마을에 나타나면, 모두가 물러났다. 데이트 약속들은 자동으로 취소되었다.

그녀는 어떤 힘의 관계 속에서도 '이길 수 있는' 여자가 아니었다. 영리함도, 매력도 그녀에게는 통하지 않았다. 그런 방식으로 그녀를 밀어붙이면, 그녀는 곧바로 관계를 육체적인 차원으로 끌어내렸고, 그녀의 육체적 광채가 지닌 마력 앞에서 강한 자도 영리한 자도 모두 자기 규칙이 아니라 그녀의 규칙대로 움직이게 되었다. 그녀를 즐겁게 하는 것은 오직 자신의 욕망이 충족되는 순간과, 자신의 매력을 직접 행사하는 일이었다. 어쩌면 그녀가 그렇게 많은 젊은 사랑, 젊은 연인들로부터 얻은 것은, 스스로를 지탱하게 하는 내적인 자양분이었을지도 모른다.

처음의 들뜬 흥분이 지나가자, 덱스터에게 남은 것은 불안과 불만이었다. 그녀에게 속절없이 빠져드는 황홀감은 강장제라기보다 마약에 가까웠다. 그런 황홀의 순간들이 드물게 찾아왔기에, 그는 겨울 동안에도 자신의 사업을 이어갈 수 있었다. 사귀기 시작하던 무렵, 한동안은 깊고도 자연스럽게 서로에게 끌리는 듯 보였다. 이를테면 첫해 팔월, 저녁

이 길게 늘어지던 사흘 동안이었다. 그녀의 집 어스름한 베란다에서 이어지던 긴 저녁들, 늦은 오후의 눈에 잘 띄지 않는 그늘진 정원의 격자 울타리 뒤에서 나누던 낯설고 나른한 키스들, 그리고 날이 밝아 올 무렵 꿈결처럼 신선하고 수줍은 기색으로 그를 맞이하던 아침들까지. 그 시간들 속에는 아직 약혼하지 않았다는 사실에서 날카롭게 솟아오르는 흥분, 곧 약혼이라는 것이 약속하는 황홀의 모든 기미가 담겨 있었다. 그가 처음으로 그녀에게 청혼한 것도 바로 그 사흘 동안이었다. 그녀는 "언젠가는."이라고 했고, "키스해줘요."라고 했으며, "당신과 결혼하고 싶어요."라고도 했고, "사랑해."라고도 말했다. 그러나 결국, 그녀는 아무 말도 하지 않은 셈이었다.

그 사흘은 뉴욕에서 온 한 남자가 구월의 절반을 그녀의 집에서 보내면서 끝이 났다. 두 사람이 약혼했다는 소문이 덱스터를 힘들게 했다. 그 남자는 대형 신탁회사 사장의 아들이었다. 그러나 한 달이 끝날 무렵, 주디가 그에게 싫증을 내고 있다는 이야기가 퍼졌다. 어느 날 밤, 댄스파티에서 그녀는 지역의 멋쟁이 남자와 함께 모터보트에 앉아 저녁 시간을 보내고 있었고, 그동안 뉴욕에서 온 남자는 그녀를 찾아 클럽 안을 헤맸다. 그녀는 그 멋쟁이 남자에게, 집에 와 있는 손님이 이제 지겨워졌다고 말했고, 이틀 뒤 뉴욕에서 온 남자는 떠났다. 그녀가 그 남자와 함께 기차역에 있는 모습이 목격되었고, 그가 몹시 수심에 잠긴 얼굴이었다는 말이 전해졌다.

이런 분위기 속에서 여름은 끝났다. 덱스터는 스물네 살이 되었고, 점점 더 자신이 하고 싶은 대로 살 수 있는 자리에 서게 되었다. 그는 도시의 클럽 두 곳에 가입했고, 그중 한 곳에서는 거의 살다시피 했다. 그렇다고 여자 파트너 없이 구석에 앉아 있는 부류에 속한 것은 아니었지만, 주디 존스가 나타날 법한 댄스파티에는 언제나 빠지지 않고 모습을 드러냈다.

그는 마음만 먹으면 얼마든지 사교 모임을 즐길 수 있었다. 이제는 번화가에 사는 딸을 둔 아버지들 사이에서도, 충분한 자격을 갖춘 젊은 남자로 인기를 얻고 있었다. 주디 존스에게 사랑을 고백했다는 사실은 오히려 그의 입지를 더욱 단단하게 만들어주었다. 그러나 그는 사교에 대한 욕망이 전혀 없었다. 목요일이나 토요일 파티를 위해 언제든 시간을 비워두는 사내들이나, 젊은 부부들과 어울려 저녁마다 식탁을 옮겨 다니는 '춤추는 남자들'을 그는 경멸했다. 이미 그는 동부, 뉴욕으로 떠날 생각을 굳히고 있었다. 그리고 주디 존스를 데리고 가고 싶었다. 그녀가 자라온 세계가 어떤 곳인지에 대해 느낀 환멸은, 그녀의 매혹을 향한 그의 환상을 조금도 흔들어놓지 못했다.

이 점을 기억해야 한다. 이것을 염두에 두지 않으면, 그가 그녀를 위해 무엇을 했는지를 이해할 수 없기 때문이다.

주디 존스를 처음 만난 지 열여덟 달이 지난 뒤, 덱스터는 다른 여자와 약혼을 했다. 그녀의 이름은 아이린 시어러였고, 그녀의 아버지는 덱스터를 신뢰하던 사람들 가운데 하나였다. 아이린은 금발에 상냥하고 조신했으며 약간 통통한 편이었다. 이미 구혼자가 둘이나 있었지만 덱스터가 정식으로 청혼하자 그녀는 그들을 기꺼이 물러나게 했다.

여름 가을 겨울 봄, 또 한 번의 여름과 가을이 지나는 동안, 덱스터는 자기 삶에서 가장 생기 넘치는 부분을 주디 존스의 종잡을 수 없는 입술에 바쳤다. 그녀는 그를 흥미와 격려로 대했다가, 다시 악의 없는 무관심과 경멸로 대하곤 했다. 그 과정에서 그녀는 이 관계에서 얼마든지 일어날 수 있는 수많은 사소한 무례와 모욕을 그에게 안겼다. 마치 한때 그를 사랑했던 일에 대해 복수라도 하듯이. 그녀는 손짓으로 그를 불러 놓고는 하품을 했고, 이내 다시 손짓해 그를 불렀다. 그는 종종 쓸쓸한 눈빛으로 그 부름에 응했다. 그녀는 그에게 황홀한 행복과 견딜 수 없는 정신적 고통을 동시에 안겨주었다. 말로 다 할 수 없는 불편함과 적지 않은 골칫거리를 만들어냈다. 그는 모욕당했고, 짓밟혔으며, 때로는 그녀가 장난삼아, 그가 일과 자신 중 무엇에 더 관심이 있는지 저울질하는 대상이 되기도 했다. 그녀는 그를 비난하는 일을 제외하고 모든 것을 다 했다. 비난만은 하지 않았는데, 그가 보기에 그것은 그녀가 그에게 보였고 또 진심으로 품고 있던 완전한 무관심을 더럽히고 싶지 않았기 때문인 듯했다.

가을이 오고 간 뒤에야, 그는 주디 존스를 가질 수 없다는 사실을 깨달았다.

그는 그 생각을 억지로라도 머릿속에 밀어 넣어야 했고, 마침내 스스로를 납득시켰다. 한동안 밤마다 잠들지 못한 채 누워 이 문제를 곱씹었다. 그녀가 자신에게 안겨준 고통과 골칫거리를 되뇌어보고, 아내로서는 얼마나 치명적인 결함을 가졌는지도 하나하나 헤아려보았다. 그러고 나서도 그는 여전히 그녀를 사랑한다고 중얼거리다가, 한참이 지나서야 잠이 들곤 했다. 그 일주일 동안 그는 전화기 너머로 들려오는 그녀의 허스키한 목소리나 점심 식탁 맞은편에서 마주치던 그녀의 눈빛을 떠올리지 않으려고, 일부러 늦게까지 일을 했다. 밤이면 사무실로 돌아가 앞으로의 몇 년 동안의 계획을 세우곤 했다.

일주일이 끝날 무렵 그는 댄스파티에 갔고, 딱 한 번 그녀와 춤을 췄다. 두 사람이 만난 이래 거의 처음으로 그는 함께 밖으로 나가자고도 하지 않았고, 그녀가 아름답다고도 말하지 않았다. 그녀가 그런 말을 전혀 아쉬워하지 않는다는 사실이 그를 아프게 했다. 그것이 전부였다. 그날 밤 그녀에게 새로운 남자가 있다는 걸 알았을 때도 그는 질투하지 않았다. 질투라면 이미 오래전에, 충분히 겪고 단련된 감정이었다.

그는 댄스파티에 늦게까지 남아 있었다. 아이린 시어러와 한 시간쯤 나란히 앉아 책과 음악 이야기를 나누었다. 그는 그 어느 쪽에도 아는 것이 거의 없었다. 하지만 이제 그는 자신의 시간을 스스로 통제할 수 있는 사람이 되어가고 있었고, 젊은 나이에 이미 믿기 어려울 만큼 성공을 거둔 덕에, 약간의 자부심을 품은 채 이런 것들 또한 이제는 자신이 알아야 할 영역이라고 여기기 시작했다.

그때는 그가 스물다섯이 되던 해, 시월의 일이었다. 이듬해 일월, 덱스터와 아이린은 약혼했다. 약혼 소식은 유월에 발표될 예정이었고, 결혼은 그로부터 석 달 뒤로 정해졌다.

미네소타의 겨울은 끝없이 이어졌고, 바람이 부드러워지고 눈이 녹아 블랙베어 호수로 흘러 들어갔을 때는 거의 오월이었다. 덱스터는 일 년이 넘는 시간 중 처음으로 마음의 평온을 누리고 있었다. 주디 존스는 플로리다에 있다가 그 다음에는 핫스프링스로 갔고, 어딘가에서는 약혼을 했고, 또 어딘가에서는 파혼을 했다. 덱스터가 그녀를 완전히 포기한 직후에는, 사람들이 여전히 두 사람을 엮어 생각하며 그녀의 소식을 묻는 일이 그를 슬프게 했지만, 저녁 식사 자리에 아이린 시어러 곁에 앉기 시작하자 사람들은 더 이상 그녀의 안부를 묻지 않았다. 대신 그에게 그녀 이야기를 들려줬다. 그는 더 이상 그녀에 대해 가장 잘 아는 사람이 아니었다.

마침내 오월이었다. 덱스터는 어둠이 비처럼 축축이 내려앉은 밤거리를 걸으며, 이토록 빨리, 거의 아무것도 이루지 못한 채, 그토록 많은 황홀의 순간들이 자신에게서 사라져 버렸다는 사실이 믿기지 않았다. 일 년 전의 오월은 주디의 신랄하고 도무지 용서할 수 없으면서도 결국은 용서하고 말 수밖에 없었던 소동들로 가득 차 있었다. 그 무렵은, 드물게도 그녀가 자신을 사랑한다고 믿어볼 수 있었던 시기였다. 그는 그 충만한 만족을 얻기 위해, 오래도록 간직해 온 자그마한 행복들을 모조리 써버렸다. 그는 알았다. 아이린은 훗날 자신의 삶에서, 등 뒤에 드리운 커튼처럼 조용히 존재하는 사람, 반짝이는 찻잔들 사이로 오가는 손, 아이들을 부르는 목소리 그 이상은 되지 못하리라는 것을…. 불꽃은 사라졌고, 아름다움도 사라졌다. 밤의 마법도, 끊임없이 모습을 바꾸던 시간과 계절의 경이도 사라졌다…. 그를 눈동자의 천국으로 끌어올리던, 아래로 내려앉은 그 가느다란 입술도…. 그러나 그 감정만은 그의 내면 깊숙이 남아 있었다. 그것은 속절없이 꺼져버리도록 내버려두기에는 너무도 강하고, 아직도 생생하게 살아 있었다.

오월 중순의 어느 날 밤, 날씨는 며칠째 한여름으로 이어지는 가느다란 다리 위에 위태롭게 걸려 있었다. 그는 아이린의 집으로 향했다. 이제 아무도 놀라지 않을 그들의 약혼 발표까지는 일주일 남짓 남아 있었고, 오늘 밤 그들은 '유니버시티 클럽' 라운지에 나란히 앉아 한 시간쯤 춤추는 사람들을 바라볼 예정이었다. 그녀와 함께라면 그는 안정감을 느꼈다. 아이린은 어디에서나 환영받는 사람이었고, 그만큼 확실히 '대단한' 여자였다.

그는 갈색 사암 건물의 계단을 올라 안으로 들어섰다.

"아이린." 그가 불렀다.

시어러 부인이 거실에서 나와 그를 맞았다.

"덱스터, 아이린이 두통이 심해서 위층으로 올라갔네. 자네와 함께 나가고 싶어 했지만, 내가 억지로 눕혔어."

"심각한 건 아니겠지요. 제 말은…."

"아니야. 내일 아침 자네랑 골프는 칠 수 있을 거야. 하룻밤쯤은 양보할 수 있겠지, 덱스터?" 그녀는 상냥하게 웃었다. 시어러 부인과 덱스터는 서로에게 호감을 갖고 있었다. 그는 거실에서 잠시 이야기를 나눈 뒤 작별 인사를 하고 나왔다. '유니버시티 클럽'으로 돌아온 그는 문간에 잠시 서서 춤추는 사람들을 바라보았다. 문설주에 몸을 기댄 채 몇 사람에게 고개를 끄덕여 보이고는 하품을 했다.

"안녕, 자기."

팔꿈치 곁에서 들려온 익숙한 목소리에 그는 움찔했다. 주디 존스가 한 남자를 떼어 두고 방을 가로질러 그에게 다가오고 있었다. 금빛 천으로 감싼 가느다란 에나멜 인형 같았다. 머리띠도 금빛, 드레스 자락 아래로 비치는 슬리퍼 끝도 금빛이었다. 그녀가 웃는 순간, 얼굴에 연약한 빛이 번지는 듯했다. 방 안으로 따뜻하고 가벼운 바람이 불어왔다. 턱시도 주머니 속에서 그의 두 손이 경련하듯 움켜쥐어졌다. 그는 갑작스러운 흥분에 휩싸였다.

"언제 돌아왔어?" 그가 태연한 척하며 물었다.

"이쪽으로 와요. 말해 줄게요."

그녀가 몸을 돌렸고, 그는 그녀를 따라갔다. 그녀는 한동안 마을을 떠나 있었는데, 그는 그녀가 돌아왔다는 사실만으로도 울컥할 만큼 벅찼다. 도발적인 음악처럼 충동적으로 떠돌았을 것이다. 신비로운 사건들, 새롭고 생기를 북돋는 희망들, 그 모든 것이 그녀와 함께 떠났다가, 그녀와 함께 다시 돌아온 듯했다.

문간에서 그녀가 다시 돌아섰다.

"차 가지고 왔어요? 아니면 내 차로?."

"쿠페를 가지고 왔어."

그녀는 금빛 옷자락을 바스락거리며 차에 올랐다. 그가 쾅 소리를 내며 문을 닫았다. 그동안 그녀는 얼마나 많은 차에 이렇게 올라탔을까. 가죽 시트에 등을 기대고, 팔꿈치를 문에 괴고, 기다리며, 이렇게 저렇게. 그녀 자신을 제외하고 그녀를 더럽힐 수 있는 것이 있었다면 그녀는 진작에 더럽혀졌을 것이다. 그러나 그녀에게서 흘러나오는 것은 오직 그녀 자신이었다.

그는 애써 시동을 걸어 거리로 나왔다. 아무것도 아니라고 스스로를 다잡았다. 그녀는 전에도 이런 적이 있었고, 그는 장부의 부실채권에 줄을 긋듯 그녀를 마음속에서 지워버렸었다.

그는 천천히 시내로 차를 몰았고, 일부러 멍하니 딴청을 피우며, 텅 빈 상점가를 가로질렀다. 군데군데 영화관에서 막 쏟아져 나온 인파가 보였도, 당구장 앞에는 병약하거나 싸움꾼처럼 보이는 젊은이들이 그곳을 배회하고 있었다. 유리로 둘러싸인 술집들에서는 지저분한 노란 불빛이 새어 나왔고, 그 안쪽에서는 잔 부딪치는 소리와 카운터를 내리치는 손바닥 소리가 들려왔다.

그녀는 그를 빤히 바라보고 있었고, 침묵은 어색했다. 하지만 이런 위기 상황을 벗어나게 할 그 어떤 가벼운 말도 찾아낼 수 없었다. 적당한 모퉁이에서 그는 방향을 틀어 유니버시티 클럽 쪽으로 차를 몰았다.

"나 보고 싶었어요?" 그녀가 불쑥 물었다.

"모두가 당신을 그리워했지."

그는 그녀가 아이린 시어러의 존재를 알고 있는지 궁금해졌다. 그녀는 돌아온 지 하루밖에 되지 않았다. 그녀가 떠나 있던 시기와 그의 약혼은 거의 겹쳐 있었다.

"참 근사한 대답이네요." 주디가 슬픔이라고는 없는 슬픈 웃음을 지었다. 그녀는 그를 탐색하듯 쳐다보았다. 그는 계기판에 시선을 고정했다.

"예전보다 더 멋있어졌어요." 그녀가 생각에 잠긴 듯 말했다. "덱스터, 당신 눈은 정말 잊히지 않는 눈이에요."

그는 웃을 수도 있었지만 웃지 않았다. 풋내기 대학생들이나 들을 법한 말이었다. 그럼에도 그 말은 그의 가슴을 찔렀다.

"난 모든 게 다 너무 지겨워졌어요, 자기야." 그녀는 누구에게나 '자기야'라고 불렀지만, 그 말을 할 때마다 무심한 듯하면서도 오직 그 사람에게만 향하는 특별한 친밀함을 그 한 마디에 실어 보내곤 했다. "당신이 나랑 결혼해 줬으면 좋겠어요."

이렇게나 직설적인 말에 그는 정신이 아득해졌다. 지금 당장, 자신이 다른 여자와 결혼하기로 했다는 사실을 말해야 했다. 그러나 입이 떨어지지 않았다. 그 말을 꺼내는 일은, 자신이 그녀를 한 번도 사랑한 적 없다고 맹세하는 것만큼이나 어려웠다.

"우리 정말 잘 맞을 것 같아요." 그녀는 같은 어조로 말을 이었다. "당신이 나를 잊고 다른 여자와 사랑에 빠진 게 아니라면 말이에요."

그녀의 자신감은 분명 대단했다. 그런 일은 애초에 믿기

어렵다는 듯, 설령 사실이라 해도 그저 나를 놀라게 해보려는 철없는 행동쯤으로 여기는 태도였다. 그녀는 이미 그를 용서할 준비가 되어 있는 사람처럼 보였다. 왜냐하면 그것은 조금만 털어버리면 사라질, 그다지 중요하지 않은 일에 불과하다는 듯했기 때문이다.

"당신이 나 말고 다른 사람을 사랑할 리 없잖아요." 그녀가 계속 말했다. "난 당신이 날 사랑하는 그 방식이 좋아요. 덱스터, 지난해를 잊지 않았겠죠?

"아니, 잊지 않았어."

"나도 그래요."

그녀는 정말 감동한 것일까, 아니면 제 감정에 스스로 취한 것일까.

"우리가 다시 예전처럼 될 수 있다면 좋을 텐데." 그녀가 말했고, 그는 억지로 대답했다.

"그럴 수 없을 것 같아."

"그렇겠죠…. 듣자하니 아이린 시어러에게 맹렬히 구애 중이라면서요."

그녀는 아이린의 이름을 특별히 강조하지도 않았다. 그런데도 덱스터는 갑자기 얼굴이 달아오르는 것을 느꼈다.

"아, 집에 데려다줘요!" 주디가 돌연 외쳤다. "어린애들이 모여 있는 저 바보 같은 파티로 돌아가고 싶지 않아요.”

그가 주택가로 이어지는 길로 차를 돌리자, 주디는 소리 없이 울기 시작했다. 그는 그녀가 우는 모습을 단 한 번도 본 적이 없었다.

어두운 거리가 점점 밝아지며 부유한 이들의 저택들이 거대한 윤곽을 드러냈다. 그는 고요하고 웅장한, 축축한 달빛에 잠긴 모티머 존스 씨의 거대한 흰 저택 앞에 차를 세웠다. 그 집의 압도적인 단단함에 그는 새삼 놀랐다. 두꺼운 벽과 강철 기둥, 넓게 뻗은 외벽과 묵직한 위용은 마치 옆에 앉은 젊은 여인의 존재를 더욱 부각시키기 위해 서 있는 듯했다. 나비의 가느다란 날갯짓이 얼마나 큰 바람을 일으킬 수 있는지 보여주려는 것처럼, 저택은 그녀의 가녀림을 강조하기 위해 더욱 견고하게 버티고 서 있었다.

온 신경이 미친 듯이 요동쳤지만 그는 몸을 움직이지 않았다. 조금만 움직여도, 저항할 수 없이 그녀를 끌어안을 것만 같았다. 두 줄기 눈물이 그녀의 젖은 얼굴을 타고 흘러내려 윗입술 위에서 가늘게 떨렸다.

“난 누구보다도 아름다운데.” 그녀가 흐느끼듯 말했다. “왜 행복할 수 없죠?” 젖은 눈동자가 그의 평정을 산산이 흔들어 놓았다. 정교하게 빚은 듯한 슬픔을 머금은 입술이 천천히 아래로 내려앉았다. "당신이 나를 받아준다면 당신과 결혼하고 싶어요, 덱스터. 내가 가질 가치가 없다고 생각할지도 모르겠지만, 당신을 위해서라면 난 정말 아름다운 여자가 될게요."

분노와 자존심, 열정과 증오, 다정함이 뒤섞인 수많은 말들이 그의 입술 위에서 서로 밀쳐냈다. 그러다 완전한 감정의 파도가 그를 덮쳤다. 그 파도는 지혜와 체면, 의심과 명예를 모조리 쓸어가 버렸다. 지금 이 순간 말하고 있는 이 여자는 그의 것이었고, 그의 아름다움이었고, 그의 자부심이었다.

"들어갈래요?"

그녀가 숨을 가쁘게 들이쉬며 물었다.

잠깐의 정적.

"그래." 그의 목소리는 낮게 떨렸다. "들어갈게."

5

그들의 관계가 끝났을 때도, 그리고 한참 세월이 흐른 뒤

에도, 그가 그날 밤을 후회하지 않았다는 사실은 어쩌면 이상한 일이었다. 십 년이 지난 뒤에 돌아보아도, 주디의 열정이 고작 한 달 만에 식어버렸다는 사실은 그다지 중요하게 느껴지지 않았다. 또한 자신의 굴복이 결국 더 깊은 고통으로 되돌아왔다는 것도, 자신을 진심으로 아껴주었던 아이린 시어러와 그녀의 부모에게 큰 상처를 안겼다는 것도 이제는 문제로 남아 있지 않았다. 아이린의 슬픔은 그의 마음속에 오래 남아 또렷한 형상으로 자리 잡을 만큼 충분히 생생하지 못했기 때문이다.

덱스터는 근본적으로 냉철한 사람이었다. 자신의 행동을 두고 도시 사람들이 어떤 태도를 보이는지는 그에게 중요하지 않았다. 그것은 그가 곧 이 도시를 떠날 예정이어서가 아니라, 그런 외부의 시선이 이 상황의 본질에 비해 너무도 피상적으로 느껴졌기 때문이었다. 그는 세간의 평판 따위에는 거의 무관심했다. 자신에게는 주디 존스의 마음을 근본적으로 움직이거나 붙잡아 둘 힘이 없다는 것, 그래서 어떤 노력도 결국 소용없다는 사실을 깨달았을 때조차 그녀에게 악의를 품지 않았다. 그는 그녀를 사랑했다. 그리고 사랑하기에는 너무 늙어버린 날까지도 그녀를 사랑할 것이었다. 다만 그녀를 가질 수 없었을 뿐이다. 그래서 그는 짧은 시간 동안 깊은 행복을 누렸던 것처럼, 오직 강한 자들만이 견딜 수 있는 깊은 고통 또한 겪었다.

주디가 약혼을 파기하면서 내세운 이유, 곧 아이린에게서 그를 '빼앗고' 싶지 않다는 그 근거 없는 거짓말조차도—실은 누구보다 그를 빼앗고 싶어 했던 그녀였음에도—그는 조금도 반감을 품지 않았다. 그는 이미 반감이나 통쾌함 같은 감정을 지나, 그 너머에 서 있었다.

그는 세탁 사업을 정리하고 뉴욕에 자리 잡을 생각으로 이월에 동부로 떠났으나, 삼월에 미국이 전쟁에 참전하면서 계획을 바꾸었다. 서부로 돌아와 동업자에게 사업을 맡기고, 사월 말 사관후보생 훈련소에 입소했다. 얽히고설킨 감정의 그물에서 벗어날 수 있다는 점에서 그는 전쟁을 어느 정도 안도 속에서 맞이한 수천 명의 젊은이들 가운데 한 사람이었다.

6

기억해두길 바란다. 이 이야기는 그의 전기가 아니다. 비록 그가 젊은 시절 품었던 꿈들과는 아무 관련도 없는 일들이 이야기 속에 스며들긴 하지만 말이다. 이제 그 꿈들도, 그에 대한 이야기도 거의 끝나간다. 여기서 이야기할 사건은 단 하나뿐이며, 그것은 일곱 해가 지난 뒤에 일어난다.

그 사건은 뉴욕에서 벌어졌다. 그는 그곳에서 크게 성공했다. 너무나도 크게 성공해서, 더는 넘지 못할 장벽이 없을 만큼이었다. 그의 나이는 서른둘이었다. 전쟁 직후 비행기로 잠시 다녀온 일을 빼면, 그는 칠 년 동안 서부 땅을 밟은 적이 없었다. 디트로이트에서 온 데블린이라는 남자가 업무차 그의 사무실을 찾아왔다. 그리고 바로 그 자리에서, 그 사건이 일어났다. 그 사건은, 말하자면 그의 인생에서 어떤 특별한 장면 하나에 조용히 막을 내리게 한다.

"중서부 출신이시군요." 데블린이 호기심을 보이며 무심한 듯 말했다. "신기하네요. 당신 같은 분은 당연히 월스트리트에서 나고 자란 줄 알았습니다. 아, 그러고 보니 디트로이트에 있는 제 가장 친한 친구의 아내가 당신이 살던 도시 출신이에요. 제가 그 결혼식에서 들러리를 섰죠."

덱스터는 무슨 말이 이어질지 짐작도 못 한 채 기다리고 있었다.

"주디 심스라고." 데블린은 별다른 관심이 없다는 듯 말했다. "이전에는 주디 존스였고요."

"네, 아는 사람이군요." 묵직한 조바심이 가슴속에 번졌다. 그녀가 결혼했다는 이야기는 들은 적이 있었다. 아마 그 이상은 일부러 알려 하지 않았을 것이다.

"아주 괜찮은 여자예요." 데블린이 별 뜻 없이 말했다. "그래도 좀 안됐죠."

"왜죠?" 그 말에 덱스터의 신경이 번쩍 곤두섰다.

"러드 심스가 좀 망가졌거든요. 그녀를 학대하는 건 아닙니다만, 술 마시며 밖으로 겉도는 편이라서요."

"그녀도 밖으로 겉도나요?"

"아니요. 집에 있죠, 아이들하고요."

"아."

"남편보다 나이가 좀 많거든요." 데블린이 덧붙였다.

"나이가 많다니요!" 덱스터가 소리쳤다. "이봐요, 그녀는 이제 겨우 스물일곱이잖아요."

그는 당장 거리로 뛰쳐나가 디트로이트행 기차를 타야 할 것 같은 충동에 사로잡혔다. 거의 발작하듯 자리에서 벌떡 일어났다.

"바쁘신 모양이군요." 데블린이 급히 사과했다. "제가 눈치가 없었습니다."

"아니요, 바쁘지 않습니다." 덱스터가 목소리를 가다듬으며 말했다. "전혀 바쁘지 않아요, 전혀. 그녀가 스물일곱이라고 말씀하셨나요? 아니, 내가 스물일곱이라고 말했군요."

"네, 그러셨죠." 데블린이 건조하게 동의했다.

"계속 이야기해 보세요. 어서요."

"무슨 이야기를⋯."

"주디 존스 얘기요."

데블린은 당황한 듯 그를 바라보았다.

"음, 제가 아는 건 그게 다예요. 남편이 그녀를 엉망으로 대하죠. 그렇다고 이혼할 것 같지는 않아요. 남편이 유독 심하게 굴어도 그녀는 그를 용서하니까요. 사실, 제 생각엔 그녀가 남편을 무척 사랑하는 것 같아요. 디트로이트에 처음 왔을 때만 해도 예쁜 여자였는데 말이죠."

예쁜 여자였다니! 그 표현은 덱스터에게 터무니없게 느껴졌다.

"이제는 예쁜 여자가 아닌가요?"

"뭐, 그냥 괜찮은 정도예요."

"이봐요." 덱스터가 갑자기 주저앉으며 말했다. "이해가 안 됩니다. 당신은 그녀가 '예쁜 여자'였다고 말했다가, 이제는 '괜찮은 정도'라고 말하는군요. 무슨 뜻인지 모르겠습니다. 주디 존스는 결코 그냥 예쁜 여자가 아니었습니다. 그녀는 대단한 미인이었단 말입니다. 내가 그녀를 알아요, 내가 안다고요. 그녀는….”

데블린이 유쾌하게 웃었다.

“싸우자는 건 아닙니다.” 그가 말했다. “난 주디가 좋은 여자라고 생각하고, 좋아해요. 다만 러드 심스 같은 남자가 어떻게 그녀와 미친 듯이 사랑에 빠질 수 있었는지는 이해가 안 가지만, 어쨌든 그랬죠.” 그러고는 덧붙였다. “대부분의 여자들도 그녀를 좋아합니다.”

덱스터는 이 남자가 이런 말을 하는 데에는 분명 어떤 이유가 있을 것이라고 생각하며 데블린을 유심히 살폈다. 무감각한 사람이거나, 아니면 어딘가에 개인적인 악의가 숨어 있는 게 틀림없다고 여겼다.

“많은 여자들이 딱 그렇게 시들어 버리죠.” 데블린이 손가락을 튕겼다. “선생님도 그런 걸 본 적이 있을 겁니다. 어쩌면 그녀가 결혼식 때 얼마나 예뻤는지 내가 잊어버린 걸지도 모르겠네요. 그 이후로 너무 자주 봐서요. 그래도 눈은 여전히 예쁩니다.”

덱스터는 멍한 기운에 사로잡혔다. 평생 처음으로 그는 아주 취해버리고 싶다는 충동을 느꼈다. 데블린이 한 말에 자신이 크게 웃고 있다는 건 알았지만, 무엇이 우스운지, 왜 웃고 있는지는 알지 못했다. 몇 분 뒤 데블린이 떠나자 그는 안락의자에 몸을 기대고 뉴욕의 스카이라인을 창밖으로 바라보았다. 태양이 분홍빛과 금빛이 뒤섞인 탁하면서도 아름다운 빛 속으로 가라앉고 있었다.

그는 더 이상 잃을 것이 없으니 이제는 무적이 되었다고 생각했지만, 방금 또 무언가를 잃었다는 사실을 깨달았다. 그것은 마치 주디 존스와 결혼해, 그녀가 자기 눈앞에서 시들어가는 모습을 지켜본 것만큼이나 분명한 상실이었다.

꿈은 사라졌다. 그는 무언가를 빼앗긴 것이다. 어떤 막막한 공포 속에서 그는 두 손으로 눈을 눌렀다. 셰리아일랜드에 찰랑이던 물결과 달빛 비치는 베란다, 골프장의 체크무늬 원피스, 건조한 태양, 그리고 그녀의 목덜미의 부드러운 솜털에 번지던 금빛을 떠올리려 애썼다. 자신의 입맞춤에 젖어들던 입술과 우수에 젖은 눈동자, 아침의 새 리넨처럼 싱그러웠던 그녀의 생기를 불러내려 했다. 아, 그런 것들은 이제 세상에 존재하지 않는단 말인가. 한때 분명히 존재했지만, 이제는 더 이상 존재하지 않았다.

몇 년 만에 처음으로 눈물이 그의 얼굴을 타고 흘러내렸다. 그 눈물은 그녀가 아니라 자신을 위한 것이었다. 그는 그녀의 입술과 눈, 움직이는 손에 더 이상 마음이 가지 않았다. 마음을 쓰고 싶었지만, 그럴 수가 없었다. 그는 너무 멀리 떠나와버렸고, 다시는 돌아갈 수 없었기 때문이다. 문은 닫혔고, 해는 저물었으며, 이제 남은 아름다움은 모든 시간을 견뎌내는 회색 강철 같은 아름다움뿐이었다. 그가 견뎌낼 수도 있었을 슬픔조차, 그의 겨울 꿈이 번성하던 환상의 나라, 젊음의 나라, 삶의 풍요가 깃든 나라에 그대로 남겨진 채였다.

"오래전에." 그가 말했다. "오래전에 내 안에는 무언가가 있었지. 하지만 이제 그것은 사라졌어, 사라지고 말았어. 나는 울 수도 없고, 마음을 쓸 수도 없어. 그것은 다시는 돌아오지 않을 거야."

조각가의 장례식

The Sculptor's Funeral

윌라 캐더(Willa Cather, 1873~1947)

미국 버지니아 출신, 네브래스카의 광활한 자연과 개척 정신을 장엄하게 그려낸 20세기 미국 문학의 대표 작가다. 《나의 안토니아》, 《대주교에게 죽음이 오다》, 《오, 개척자여!》 등에서 이주민의 삶과 인간 역사를 단아한 필체로 탐구했다. 1923년 퓰리처상을 수상하며 문학적 위상을 확립한 그의 작품은 시대의 변화 속에서도 변치 않는 고귀한 정신을 담아내어 인간의 강인함을 대변하는 대표적인 작가로 손꼽힌다.

—

한 무리의 마을 사내들이 이미 이십 분이나 연착된 야간 열차를 기다리며, 캔자스의 한 작은 마을 기차역 측선*에 서 있었다. 사방에 눈이 두껍게 내려앉아 있었다. 희미한 별빛 아래, 마을 남쪽으로 펼쳐진 광활하고 하얀 들판 너머의 둔덕들은 맑은 하늘을 배경으로 부드러운 잿빛 곡선을 그리고 있었다. 외투를 풀어헤친 사내들은 양손을 바지 주머니 깊숙이 찔러 넣고는 어깨를 잔뜩 움츠린 채 양발에 번갈아 힘을 주며 서 있었다. 그들의 시선은 이따금 철길이 강변을 따라 굽어 도는 동남쪽을 향했다. 낮은 목소리로 두서없는 대화를 나누던 이들은 제자리를 서성거리며 안절부절못했는데, 무엇을 해야 할지 몰라 헤매는 기색이 역력했다. 일행 중 자신이 왜 그곳에 있는지 정확히 아는 사람은 단 한 명뿐이었고, 그는 무리에서 눈에 띄게 떨어져 있었다. 그는 플랫폼 끝까지 걸어갔다가 역 입구로 되돌아오고, 다시 철길을 따라 거슬러 올라가기를 되풀이했다. 외투 깃을 높이 세

* **측선** 정규 노선 옆에 따로 마련되어, 화물을 옮기거나 기차 칸을 새로 맞출 때 쓰는 보조 선로.

워 턱을 파묻고 다부진 어깨를 앞으로 늘어뜨린 채 걷는 그의 발걸음은 무겁고도 완강했다. 곧이어 빛바랜 퇴역 군인회 제복을 입은, 키 크고 야윈 백발노인이 그 다부진 사내에게 다가왔다. 무리에서 빠져나와 발을 끌며 다가오는 노인을 향해 사내는 어느 정도 예우를 갖추려는 듯 고개를 앞으로 길게 뺐다.

"내 생각엔 오늘 밤에도 기차가 꽤 늦을 것 같구먼, 짐."

노인이 가냘픈 쇳소리로 말을 건넸다.

"눈 때문이겠지?"

"글쎄요."

짐이 약간 짜증 섞인 말투로 대꾸했다. 덥수룩하게 자라난 붉은 수염 사이로 새어 나오는 목소리였다.

야윈 노인은 씹고 있던 이쑤시개를 입안 반대쪽으로 옮겨 물었다.

"동부에서 시신과 함께 올 사람은 아무도 없겠지, 응?"

노인이 곰곰이 생각하며 말했다.

"글쎄요."

짐은 전보다 더 퉁명스럽게 대답했다.

"그 친구가 무슨 협회나 단체라도 가입했어야 하는 건데, 참 안됐어. 난 단체장이 좋더라고. 명망 있는 사람들에겐 그게 더 격식에 맞아 보이지 않나.”

야윈 노인은 날카로운 목소리에 비위를 맞추는 듯한 말투로 중얼거리며, 이쑤시개를 조심스럽게 조끼 주머니에 넣었다. 그는 마을에서 퇴역 군인회 장례식이 열릴 때면 언제나 깃발을 들던 사람이었다. 다부진 남자는 대꾸 없이 발길을 돌려 측선을 따라 걸어갔고, 야윈 퇴역 군인 노인은 발을 끌며 무리 쪽으로 되돌아갔다.

“짐은 평소와 다름없이 술이 떡이 됐구먼.”

노인이 동정 어린 말투로 한마디 던졌다.

바로 그때 멀리서 기적 소리가 울려 퍼지자, 승강장을 끄는 발소리가 요란해졌다. 저마다 나이는 다르지만 하나같이 비쩍 마른 소년들이 마치 천둥소리에 깬 장어들처럼 매끄럽고도 민첩하게 튀어나왔다. 대합실의 벌겋게 달아오른 난롯가에서 몸을 녹이거나 나무 벤치에서 반쯤 졸던 아이들이 쏟아져 나왔고, 수하물 카트 사이에서 몸을 일으키거나 화물차에서 미끄러지듯 내리는 아이들도 있었다. 측선에 바짝 붙여 세워둔 영구차 운전석에서 기어 내려온 소년도 둘이나 되었다. 아이들은 굽은 어깨를 펴고 고개를 들었다. 차갑고도 강렬하게 울려 퍼지는 그 비명, 세상을 향해 인간을 부르는 그 외침에 아이들의 멍한 눈빛에도 찰나의 생기가 감돌았다. 기적 소리는 마치 나팔 소리처럼 아이들의 마음을 휘저어 놓았다. 오늘 밤 고향으로 돌아오는 그 사내의 어린 시절을 매번 설레게 했던, 바로 그 소리처럼 말이다.

야간 급행열차는 로켓처럼 붉은빛을 내뿜으며 동쪽 습지에서 튀어나왔다. 열차는 들판의 파수꾼처럼 늘어선 채 파르르 떨고 있는 포플러나무 행렬을 따라 강변을 굽어 들어왔다. 뿜어져 나온 회색의 증기 기둥은 창백한 밤하늘에 걸려 은하수마저 가려버렸다. 순식간에 헤드라이트의 붉은 섬광이 측선 앞 눈 덮인 철길을 따라 쏟아졌고, 젖은 검은 레일 위에서 번뜩였다. 붉은 수염을 기른 다부진 체구의 사내는 다가오는 열차를 향해 승강장을 빠르게 걸어가며 모자를 벗어 예의를 표했다. 뒤에 있던 사내들은 주저하며 서로 의아한 눈길을 주고받더니, 서둘러 그의 행동을 흉내 냈다. 열차가 멈춰 서고 문이 활짝 열리자마자 사람들은 수하물 칸으로 몰려갔다. 퇴역 군인회 제복을 입은 야윈 노인은 호기심에 가득 차 고개를 앞으로 쑥 내밀었다. 긴 외투에 여행용 모자를 쓴 젊은이가 수하물 담당자와 함께 문가에 나타났다.

"메릭 씨의 지인분들 나오셨습니까?"

젊은이가 물었다.

승강장에 모인 사내들은 불안한 듯 몸을 뒤척이며 발을

끌었다.

"우리가 시신을 인계받으러 왔소. 메릭 씨의 부친께서는 기력이 너무 쇠하셔서 직접 나오지 못하셨소."

은행가 필립 펠프스가 엄숙하게 대답했다.

"역무원 나오라고 해! 전신기사한테도 와서 좀 거들라고 하고."

수하물 담당자가 으르렁거렸다.

관이 거친 나무 궤짝에서 꺼내져 눈 덮인 승강장 위로 내려졌다. 마을 사람들은 관을 놓을 공간을 만들기 위해 뒤로 물러났다가, 다시 둥글게 모여들어 검은 덮개 위에 놓인 종려나무 잎을 호기심 어린 눈으로 바라보았다. 아무도 입을 열지 않았다. 수하물 직원은 트렁크들을 옮기려고 카트 옆에서 기다렸다. 기관차는 거칠게 숨을 몰아쉬었고, 화부는 노란 횃불과 기다란 기름통을 들고 바퀴 사이를 오가며 차축을 점검했다.

죽은 조각가의 제자로서 시신과 함께 온 보스턴의 젊은이는 어찌할 바를 모른 채 주위를 둘러보았다. 그는 어깨가 굽고 불안해 보이는 검은 무리 중, 그나마 대화가 통할 법한 유일한 인물인 은행가에게 몸을 돌렸다.

"메릭 씨의 형제분들은 아무도 안 나오셨나요?"

젊은이가 조심스럽게 물었다.

붉은 수염을 기른 짐 레어드가 처음으로 한 발 앞으로 나와 무리에 합류했다.

"아직 안 왔소. 가족들이 뿔뿔이 흩어져 살아서 말이오. 시신은 곧장 집으로 운구될 거요."

그는 몸을 굽혀 관 손잡이 하나를 잡았다.

"톰슨, 언덕길로 돌아가게. 그래야 말들이 덜 힘들 거야."

장의사가 영구차 문을 닫고 운전석에 오르려 하자 마차 대여점 주인이 외쳤다.

"함께 오는 분이 계실 줄은 몰랐소."

변호사 레어드가 다시 이방인에게 낡은 마차 한 대를 가리키며 말을 건넸다.

"걸어가기엔 먼 길이니 마차를 빌려 타는 게 좋을 거요."

"말씀은 감사합니다만, 괜찮으시다면 영구차와 함께 가겠습니다."

젊은이는 딱딱하게 대답하며, 장의사를 향해 덧붙였다.

"옆자리에 타도 될까요?"

그들은 바퀴를 딛고 올라탔고, 별빛을 받으며 마을을 향해 길고 하얀 언덕길을 달렸다. 고요한 마을의 등불이 눈에

짓눌린 낮은 지붕 아래서 빛나고 있었다. 그 너머 사방으로 는 평원이 공허 속으로 뻗어 있었는데, 부드러운 하늘만큼 이나 평온하고 드넓었으며 손에 잡힐 듯한 하얀 침묵 속에 싸여 있었다.

영구차가 멈춰 선 곳은 비바람에 칠이 벗겨져 흉하게 바 랜 낡은 목조 주택 앞, 나무판자를 이어 붙여 만든 보도 위 였다. 기차역에서 보았던 정체 모를 무리가 대문 앞에 옹기 종기 모여 있었다. 앞마당은 얼어붙은 늪처럼 질척였고, 보 도에서 현관까지 이어진 뒤틀린 판자들이 위태로운 다리처 럼 놓여 있었다. 대문은 경첩 하나에 매달려 겨우 버티고 있 었으며, 젊은 이방인 스티븐스는 앞문 손잡이에 검은 리본 이 묶여 있는 것을 보았다. 영구차에서 관을 끌어낼 때 나는 삐걱거리는 소리에 화답이라도 하듯 집 안에서 비명이 터져 나왔다. 앞문이 벌컥 열리더니 키가 크고 뚱뚱한 여인이 맨 머리로 눈밭을 달려 나와 관 위로 몸을 던지며 울부짖었다.

"내 새끼야, 내 새끼! 결국 이런 모습으로 엄마한테 돌아 온 거니!"

스티븐스가 형용할 수 없는 참담함에 몸을 떨며 고개를 돌려 눈을 감았을 때, 역시 키가 크고 깡마른 체구에 검은 옷을 입은 또 다른 여인이 집에서 달려 나와 메릭 부인의 어깨를 붙잡았다.

"자, 그만하세요, 엄마. 이러시면 안 돼요!"

여인은 날카롭게 소리쳤다. 그러더니 은행가 쪽을 향할 때는 비굴할 정도로 엄숙한 목소리로 바꾸어 말했다.

"거실이 준비되었습니다, 펠프스 씨."

장의사가 관 받침대를 들고 앞장서 달려가는 동안, 운구자들은 좁은 판자 길을 따라 관을 옮겼다. 그들은 습기와 묵은 먼지 냄새, 가구 광택제 향이 진동하는 냉골 같은 큰 방으로 관을 모셨다. 관은 유리 프리즘 장식이 짤랑거리는 펜던트 조명 아래, 그리고 스밀락스 덩굴로 장식된 로저스 조각* 앞에 놓였다. 헨리 스티븐스는 무언가 끔찍한 착오가 생겨 자신이 엉뚱한 곳에 도착했다는 소름 끼치는 확신에 사로잡혀 주위를 둘러보았다. 그는 클로버 빛깔의 양단 카펫과 두툼한 천 소파, 손으로 그린 도자기 소품들 사이를 고통스럽게 훑으며, 이곳이 한때 하비 메릭의 공간이었음을 짐작게 할 만한 단서를 필사적으로 찾았다. 피아노 위에 걸린, 킬트** 차림에 곱슬머리를 한 어린 소년의 크레용 초상화 속에서 비로소 친구들의 모습을 발견하고서야, 그는 사람들이

* 순수한 사랑을 상징하는 존 올든과 프리실라를 형상화한 조각상으로, 이상화된 미덕이 장식처럼 소비되는 모습을 암시한다.

** 킬트 스코틀랜드 남성들이 입는 무릎길이의 격자무늬 치마. 앞면에 작은 가죽 주머니 장식을 다는 것이 특징이다.

관 곁에 머무는 것을 허락할 마음이 들었다.

"뚜껑을 열어주게, 톰슨. 내 자식 얼굴 좀 보게 해줘."

노부인이 울부짖었다. 스티븐스는 검고 풍성한 머리카락 아래 붉게 달아오른 그녀의 얼굴을 겁이 난 채 바라보았다. 눈을 피하고 싶었지만, 이상하게도 시선을 거둘 수가 없었다. 그는 부끄러운 마음에 고개를 숙였다가, 믿기지 않는 것을 다시 확인하듯 천천히 눈을 들었다. 그녀의 얼굴에는 사람을 압도하는 힘과 거친 아름다움이 함께 서려 있었다. 그러나 그 얼굴은 분노와 격한 감정에 오래 시달린 듯 거칠고 패여 있었다. 슬픔처럼 사람을 차분하게 만드는 감정이 그 얼굴을 한 번도 어루만진 적이 없는 것처럼 보였다. 길쭉한 코는 끝부분이 툭 불거져 불퉁하게 솟아 있었고, 그 양옆으로는 깊은 주름이 패어 있었다. 짙고 검은 눈썹은 미간을 가로질러 거의 맞닿아 있었으며, 큼직하고 각진 치아는 성글게 벌어져 있었는데, 무언가를 물어뜯을 듯 보였다. 그녀가 방 안을 채우자 남자들은 자취도 없이 사라져 버렸다. 그들은 마치 성난 물살에 휩쓸린 잔가지처럼 속절없이 휘둘리는 듯 보였고, 스티븐스 자신조차 그 거센 기운 속으로 빨려 들어가는 느낌이었다.

머리에 꽂은 상복용 빗 때문에 본래도 긴 얼굴이 더 길어 보이는 딸은 검은 크레이프 옷을 입고 소파에 꼿꼿이 앉아 있었다. 뼈대가 굵고 마디가 도드라진 두 손을 무릎 위에 가지런히 얹은 채, 입꼬리와 눈꼬리를 아래로 떨군 그녀는 엄숙한 표정으로 관이 열리기를 기다리고 있었다. 문가에는 하인으로 보이는 혼혈 여인이 겁먹은 듯 서 있었다. 수척한 얼굴에는 애처로울 만큼 순한 슬픔이 어려 있었다. 그녀는 무명 앞치마 끝으로 눈가를 닦으며 소리 없이 울다가, 이따금 목이 메어 오는 흐느낌을 힘겹게 삼켰다. 스티븐스는 아무 말 없이 다가가 그녀 곁에 섰다.

그때 계단에서 힘없는 발소리가 들려왔다. 곧 파이프 담배 냄새를 풍기며 키가 크고 유약해 보이는 노인이 들어섰다. 헝클어진 백발에 담뱃진으로 얼룩진 수염을 기른 그는 불안이 얼굴에 그대로 드러나 있었다. 그는 천천히 관 쪽으로 다가갔다. 아내가 쏟아내는 광기 어린 통곡에 너무나 고통스럽고 당혹스러웠던 나머지 그는 다른 것은 아무것도 의식하지 못한 채 양손으로 푸른 면 손수건을 만지작거리며 서 있을 뿐이었다.

"자, 애니, 여보, 너무 그러지 말구려."

노인은 떨리는 손으로 아내의 팔꿈치를 어색하게 다독이며 가냘픈 목소리로 말했다. 여인은 비명을 지르며 노인에

게 돌아섰고, 너무나 격렬하게 어깨를 기대는 바람에 노인
은 비틀거리기까지 했다. 그는 관 쪽은 차마 바라보지도 못
한 채, 매를 눈앞에 둔 개처럼 겁에 질린 눈으로 아내를 올
려다보았다. 그 눈빛에는 두려움과 매달리듯 간청하는 기색
이 함께 어려 있었다. 움푹 팬 노인의 뺨은 비참한 수치심에
서서히 붉어졌다. 아내가 방을 뛰쳐나가자 딸도 입술을 굳
게 다문 채 뒤를 따랐다. 하인이 관 앞으로 다가가 잠시 몸
을 굽혀 인사를 하듯 서 있더니, 이내 부엌 쪽으로 사라졌
다. 거실에는 스티븐스와 변호사, 그리고 아버지만 남았다.

노인은 몸을 떨며 죽은 아들의 얼굴을 내려다보았다. 조
각가의 찬란한 머리는 생전보다 깊어진 정적 속에서 한결 고
결해 보였다. 짙은 머리카락이 넓은 이마 위로 흘러내린 얼
굴은 묘하게 길어 보였다. 그러나 그 얼굴에는 죽은 이에게
서 기대할 법한 고요한 안식이 없었다. 지나치게 찌푸린 미
간 때문에 매부리코 위로 두 줄의 깊은 주름이 잡혀 있었고,
턱은 무언가에 맞서듯 앞으로 내밀어져 있었다. 살아 있는
동안의 긴장이 너무도 날카롭고 고통스러웠던 탓에, 죽음조
차 그것을 단숨에 풀어주지는 못한 듯했다. 그 표정은 마치
자신에게서 소중하고 신성한 무언가를 빼앗으려는 무리로부
터 끝까지 지켜내려는 듯한 모습이었다.

노인의 수염 난 입술이 움찔거렸다. 그는 변호사에게 조심스럽게 말했다.

"펠프스랑 다른 사람들도 하비 곁을 지키러 오겠지? 고맙네, 짐, 정말 고맙네."

그는 아들의 이마에 내려온 머리카락을 부드럽게 쓸어 넘겼다.

"짐, 이 애는 참 착한 아이였네. 언제나 착했지. 아이처럼 순하고 우리 집 애들 중에 가장 다정했어. 다만… 우리 중 누구도 이 아이를 이해해 주지 못했을 뿐이야."

눈물이 노인의 수염을 타고 천천히 흘러내려 조각가의 외투 위로 떨어졌다.

"마틴, 마틴! 오, 마틴! 이리로 좀 와요!"

위층에서 아내의 울부짖음이 들려왔다. 노인은 겁에 질린 듯 움찔했다.

"응, 애니, 가오."

그는 몸을 돌렸다가, 차마 발을 떼지 못한 채 잠시 멈춰 섰다. 그러더니 다시 돌아와 손을 뻗어 죽은 아들의 머리카락을 조심스레 쓰다듬고는, 비틀거리듯 방을 나갔다.

"가엾은 노인네. 저 양반에게 아직도 짜낼 눈물이 남아 있을 줄은 몰랐소. 벌써 다 말라버린 줄 알았는데 말이오. 저

나이가 되면 웬만한 일로는 그리 깊이 상처받지 않는 법인데."

변호사 레어드가 한마디 던졌다.

그의 말투에 담긴 묘한 기운에 스티븐스는 고개를 들어 그를 쳐다보았다. 어머니가 방에 있는 동안 스티븐스의 눈에는 오직 그녀밖에 보이지 않았으나, 이제 짐 레어드의 붉그스레한 얼굴과 충혈된 눈을 제대로 마주한 순간, 그는 자신이 그토록 간절히 찾던 것을 발견했음을 깨달았다. 이곳에도 반드시 존재해야만 했던 것, 바로 지적인 이해였다.

남자의 얼굴은 수염만큼이나 붉었고, 방탕한 생활의 흔적이 이목구비를 부풀리고 흐릿하게 만들고 있었다. 파란 눈은 열병에 들뜬 사람처럼 타오르고 있었다. 그는 자신을 억누르려는 듯 잔뜩 굳은 채, 격한 분노를 억제하듯 수염을 연신 쥐어뜯고 있었다. 창가에 앉아 있던 스티븐스는 그가 눈부시게 밝은 램프 불을 낮추고, 거칠게 흔들리는 유리 장식들을 신경질적으로 멈추는 모습을 지켜보았다. 그러고는 두 손을 등 뒤로 꽉 맞잡은 채 서서 스승의 얼굴을 내려다보는 그의 모습도 보았다. 스티븐스는 '섬세한 도자기' 같은 하비와 '검댕 묻은 옹기찰흙' 같은 짐 레어드 사이에 어떤 연결 고리가 있었을지 궁금해하지 않을 수 없었다.

부엌에서 소란스러운 소리가 들려왔다. 식당 문이 열리자 그 소동의 실체가 분명해졌다. 어머니는 조문객들에게 내놓을 닭고기 샐러드에 드레싱을 빠뜨렸다며 하인을 몰아붙이고 있었다. 스티븐스는 그런 식의 질책을 들어본 적이 없었다. 그것은 슬픔에 잠긴 사람의 울분이라기보다, 자기연민에 취해 과장되게 퍼붓는 공격에 가까웠다. 그 안에는 의도적인 잔혹함과 익숙한 솜씨가 배어 있었다. 불과 이십 분 전 그녀가 보였던 통곡과 다르지 않게, 그것 역시 거칠고 절제 없는 광기의 한 모습이었다. 변호사는 혐오감에 몸을 떨며 식당으로 들어가 부엌문을 닫아버렸다.

"불쌍한 록시가 또 당하고 있군. 메릭 집안이 몇 해 전에 빈민 구제소에서 데려온 여자라오. 저 가엾은 영혼의 충성심만 아니었다면, 당신 등골이 오싹해질 만한 이야기들을 숱하게 털어놓았을 거요. 아까 앞치마로 눈을 가리고 서 있던 그 혼혈 여인 말이오. 저 늙은 여자는 복수의 여신이나 다름없소. 겉으로는 경건한 체하면서도, 사람을 괴롭히는 데는 독창적인 재주가 있지. 하비가 여기 사는 동안 그의 삶을 지옥으로 만든 장본인이기도 하고. 하비는 그 사실을 괴로워하다 못해 수치로 여겼소. 그런 환경에서 그가 어떻게 그토록 다정함을 지켜낼 수 있었는지, 나는 도무지 이해할 수가 없소.”

변호사가 돌아와서 낮게 말했다.

“그는 경이로운 사람이었습니다. 정말 경이로웠죠. 하지만 오늘 밤이 되어서야 그가 얼마나 위대한 사람이었는지 비로소 알게 되었습니다.”

스티븐스가 천천히 말했다.

“그래, 바로 그 점이야말로 진짜, 그리고 영원한 경이로움이지.”

변호사가 외쳤다. 그는 방의 네 벽을 넘어 더 넓은 세상을 가리키듯 크게 손을 휘두르며 한마디 덧붙였다.

“이런 오물더미 같은 곳에서도 그런 열매가 맺힐 수 있다는 사실 말이오.”

“환기를 좀 해야 할 것 같습니다. 방이 너무 답답해서 어지러울 지경이네요.”

스티븐스가 창문과 씨름하며 중얼거렸다. 그러나 창틀이 단단히 끼어 움직이지 않자, 그는 체념한 듯 자리에 주저앉아 목깃을 느슨하게 풀었다. 변호사가 다가와 붉은 주먹으로 창틀을 한 번 세게 내려쳐 느슨하게 만든 뒤, 창문을 조금 들어 올렸다. 스티븐스는 고맙다고 말했지만, 지난 삼십 분 동안 천천히 치밀어 오르던 메스꺼움 때문에 이제 그의 소망은 단 하나뿐이었다. 어떻게든 하비 메릭의 유해를 이 집에서 벗어나게 해야 한다는 절박함이었다. 그는 그제야 스승의 입가에 자주 떠오르던, 그 온화하면서도 어딘가 씁쓸한 미소의 뜻을 완전히 이해한 듯했다.

그는 언젠가 메릭이 고향을 다녀온 뒤 가져왔던 부조 작품 하나를 떠올렸다. 유난히 감상적이면서도 많은 것을 암시하던 작품이었다. 야위고 기운 빠진 노파가 무릎 위에 무언가를 핀으로 고정한 채 바느질을 하고 있고, 그 곁에서는 멜빵 하나만 걸친 입술 도톰하고 혈색 좋은 아이가 자신이 잡은 나비를 보여주겠다며 노파의 치맛자락을 성급하게 잡아당기고 있었다. 스티븐스는 그 지치고 수척한 얼굴을 그려낸 섬세한 표현에 감탄하며, 혹시 어머니를 모델로 한 것이냐고 물은 적이 있었다. 그때 조각가의 얼굴에 번졌던 당혹스럽고도 멍한 홍조를 그는 아직도 기억하고 있다.

변호사는 관 옆 흔들의자에 앉아 고개를 뒤로 젖힌 채 눈을 감고 있었다. 스티븐스는 그의 턱선을 바라보며, 저토록 또렷하고 훌륭한 골격을 왜 저 거친 수염 속에 감추고 사는지 의아해했다. 그러고는 그를 한참 진지하게 바라보았다. 그때 젊은 조각가의 날카로운 시선을 느낀 듯, 변호사가 갑자기 눈을 떴다.

“그 친구, 늘 그렇게 조개처럼 입을 꾹 다물고 지냈소? 어릴 적엔 수줍음을 많이 탔거든.”

그가 불쑥 물었다.

“네, 그렇게 말씀하신다면 정말 입을 꾹 다물고 있는 편이었죠.”

스티븐스가 대답했다.

“사람을 몹시 좋아하면서도 늘 한 걸음 물러서 있는 듯한 인상을 주었습니다. 격한 감정을 꺼렸고, 사색적이었죠. 자기 자신을 꽤 불신하는 편이기도 했습니다. 물론 자신의 작품에 대해서만큼은 예외였지만요. 그 분야만큼은 확신이 있었으니까요. 그는 남자를 철저히 불신했고, 여자는 그보다 더 불신했습니다. 그렇다고 그들을 악하게 본 것은 아니었습니다. 오히려 언제나 좋은 쪽으로 믿으려 애썼지요. 다만 그 속내를 들여다보는 것은 두려워하는 것 같았습니다.”

“불에 데어본 개는 불을 무서워하는 법이지.”

변호사가 암울하게 내뱉고는 눈을 감았다.

스티븐스는 하비의 비참했던 어린 시절 전체를 머릿속으로 재구성해 보았다. 합리적인 한계를 훌쩍 넘어설 만큼 세련된 취향을 가졌던 사람, 아름다운 기억들로 가득 찬 무궁무진한 갤러리 같은 마음을 품었던 사람, 햇살 가득한 벽 위로 어른거리는 포플러 잎사귀 그림자만으로도 지워지지 않을 각인을 남길 만큼 섬세했던 사람에게, 이 날것 그대로의 추악한 환경은 마치 삶이 내린 형벌처럼 주어져 있었다. 정녕 손끝에 마법의 지팡이를 쥔 이가 있다면, 그건 분명 메릭이었다. 그가 손을 대는 것마다 사물의 가장 내밀한 비밀이 드러났고, 저주받은 마법에서 풀려나 본연의 아름다움을 되찾았다. 마치 마법사에 맞서 주문과 주문으로 맞서 싸우는 아라비아의 왕자처럼. 그가 어루만진 모든 것에는 그 경이로운 닿음의 기록—천상의 서명과도 같은 그만의 향기와 소리, 색채가 아로새겨져 있었다.

스티븐스는 이제야 스승의 삶이 지닌 진짜 비극을 이해했다. 그것은 많은 이들이 수군거리던 사랑이나 술 때문이 아니었다. 그보다 훨씬 일찍 시작되어 더 깊은 상처를 남긴 것, 어린 시절부터 가슴 깊이 감추고 살아야 했던 피할 수 없는 수치심이었다. 그리고 그 이면에는 야만적인 환경에 맞서 홀로 치러낸 고독한 사투가 자리 잡고 있었다. 온통 추하고 속물적인 것들뿐인 이 황량한 땅에 던져진 소년이, 정제된 품격과 전통으로 고결해진 세계를 향해 품었던 처절한 갈망, 그것이 그의 삶을 관통하는 비극이었다.

밤 열한 시가 되자 검은 옷을 입은 딸이 들어와, 조문객들이 도착했으니 식당으로 자리를 옮겨 달라고 요청했다. 스티븐스가 일어서자 변호사가 건조하게 말했다.

"먼저 가시오. 분명 당신에게 좋은 경험이 될 거요. 나는 오늘 밤 저 사람들을 상대할 기운이 없소. 이십 년 동안이나 겪어 왔으니, 이제는 충분하오."

스티븐스는 문을 닫으며 뒤를 돌아보았다. 희미한 불빛 아래, 손으로 턱을 괸 채 관 옆에 앉아 있는 변호사의 모습이 보였다.

수하물 칸 앞에 서 있던 것과 비슷한, 어딘가 정체를 알 수 없는 무리가 발을 질질 끌며 방 안으로 들어왔다. 등유 램프 불빛 아래에서 그들의 모습은 또렷한 실루엣으로 드러났다. 희끗한 머리에 금빛 턱수염을 기른, 나약해 보이는 목사는 작은 탁자 옆에 성경을 올려놓았다. 퇴역 군인은 난로 뒤에 자리를 잡고 의자를 벽에 기댄 채, 조끼 주머니에서 이쑤시개를 꺼냈다. 두 은행가, 펠프스와 엘더는 식탁 한쪽 구석에 앉아 고리대금법이 담보 대출에 미칠 영향을 두고 나누던 토론을 마무리하고 있었다. 곧 위선적인 미소를 띤 노인 부동산 중개인이 그들 곁에 합류했다. 석탄 상인과 가축 운송업자는 난로를 사이에 두고 마주 앉아, 니켈 장식 위에 무심히 발을 올렸다.

스티븐스는 책을 꺼내 읽기 시작했다. 집안이 고요해지는 동안 주변의 대화는 지역의 잡다한 관심사들을 훑고 지나갔다. 가족들이 모두 잠자리에 든 것이 분명해지자, 퇴역 군인은 어깨를 한 번 으쓱하더니 긴 다리를 꼬아 의자 가로대에 뒤꿈치를 걸쳤다.

"펠프스, 유언장이 있을 것 같소?"

그가 가느다란 목소리로 물었다.

은행가는 불쾌하게 웃더니, 주머니칼로 손톱을 다듬기 시작했다.

"유언장이 딱히 필요나 있겠소?"

안절부절 못하던 퇴역 군인은 다시 자세를 바꾸며 무릎을 턱 가까이 끌어당겼다.

"그게, 노인네 말로는 하비가 요즘 돈을 꽤 벌었다던데."
그가 짹짹거리듯 말했다.

다른 은행가가 말을 받았다.

"그 말은 하비가 공부를 더 하겠다면서 노인네한테 농장 담보 대출을 해달라고 조르지 않았다는 뜻이겠지."

"내 기억으론 하비가 '교육'이란 걸 안 받고 있었던 적은 한 번도 없었던 것 같구먼."

퇴역 군인이 낄낄거렸다.

사람들 사이에서 헛웃음이 터져 나왔다. 목사는 손수건을 꺼내 요란하게 코를 풀었고, 은행가 펠프스는 칼을 탁 소리 나게 접어 넣었다.

"노인네 아들들이 더 잘 풀리지 못한 건 참 안됐어."

그가 사뭇 권위 있는 말투로 말을 이었다.

"그 형제들은 집안일에 영 소질이 없었어. 노인네가 하비한테 쏟아부은 돈이면 가축 농장 열두 개는 차렸을 게요. 그 귀한 돈을 그냥 샌드 크리크 강물에 내다 버린 거나 다름없지. 하비가 집에 남아서 가업이나 잇고 축산업이나 했더라면 다들 형편이 훨씬 나았을 거요. 하지만 노인네는 모든 걸 소작인들한테 맡겨야 했고, 여기저기서 뜯기기나 했지."

"하비는 축산업을 할 위인이 못 돼."

가축 운송업자가 끼어들었다.

"영리한 구석이라곤 눈 씻고 봐도 없었거든. 하비가 샌더네 노새를 여덟 살짜리인 줄 알고 샀던 거 기억들 나지? 그 노새는 샌더 장인이 열여덟 해 전에 결혼 선물로 딸한테 준 거라 마을 사람들은 다 아는 얘기였지. 그때 이미 다 자란 노새였는데."

모두가 낄낄거렸고, 퇴역 군인은 아이처럼 신이 나서 무릎을 문질렀다.

"하비는 실용적인 일엔 통 소질이 없었지. 일하는 것도 질색했어."

석탄 상인이 말을 시작했다.

"지난번 고향에 왔을 때가 생각나는군. 떠나던 날이었지. 노인네는 헛간에서 일꾼을 도와 마차를 준비하고 있었고, 칼 무츠는 울타리를 고치고 있었지. 그때 하비가 현관으로 나오더니 그 계집애 같은 목소리로 노래하듯 부르더군. '칼 무츠, 칼 무츠! 제발 와서 내 트렁크 좀 묶어줘요.' 하고 말이야."

"그게 바로 하비지!"

퇴역 군인이 맞장구쳤다.

"난 그 녀석이 다 큰 놈이 돼서도 울부짖던 소리가 아직도 들리는 것 같아. 목초지에서 소를 몰다 옥수수밭에 들여보내는 바람에 소들이 배가 터질 지경이었거든. 그 일로 어미가 헛간에서 생가죽 채찍으로 그놈을 후려쳤지. 그때 그놈 때문에 내 소도 한 마리 잃었어. 우리 집에서 제일 귀한 젖소였는데, 노인네가 물어냈지. 하비 그 녀석은 짐승들이 달아나는 줄도 모르고, 습지 너머로 지는 노을이나 바라보고 있었다더군. 노을이 얼마나 멋지다느니 하면서 말이야."

"노인네의 실수는 그놈을 동부로 보낸 거였어."

펠프스가 염소수염을 만지며 판결을 내리듯 말했다. "거기서 파리로 가겠다느니 어쩌니 하는 헛바람만 잔뜩 들었지. 하비 같은 놈한테 정말 필요했던 건 캔자스시티에 있는 경영학교였는데 말이야."

스티븐스의 눈앞에서 책 속의 글자들이 물결처럼 흔들렸다. 이 사람들이 정말 아무것도 이해하지 못하는 게 가능하단 말인가? 관 위에 놓인 저 영광스러운 승리의 종려나무 잎이, 그들에게는 한낱 풀때기만큼의 의미도 없단 말인가? 하비 메릭의 이름이 세상에 알려지지 않았더라면, 이 마을은 지도에도 없이 영원히 묻혀 있었을 것이다. 스티븐스는 스승이 죽던 날 했던 말을 떠올렸다.

"세상이 움직이고, 일하고, 나아가는 동안 그저 누워만 있는 건 유쾌한 일이 아니지."

그때 그는 힘없이 미소를 지으며 말했다.

"하지만 결국 우리는 우리가 온 곳으로 돌아가야 하는 것 같네. 마을 사람들이 나를 보러 오겠지. 그들이 할 말을 다 하고 나면, 난 하나님의 심판조차 그리 두렵지 않을 것 같아. 저기 있는 '승리의 여신'의 날개조차 나를 지켜주지는 못할 테니까."

폐렴으로 더는 회복이 불가능해졌을 때, 그는 시신을 고향으로 보내 달라며 그렇게 말했다.

가축 운송업자가 말을 이었다.

"마흔이면 메릭 집안 치고는 일찍 죽은 거지. 보통은 끈질기게 버티거든. 아마 위스키로 명을 재촉했을 거야."

"어머니 쪽 집안이 단명하는 편이고, 하비도 체질이 강건하지 못했고."

목사가 온화하게 말했다. 그는 내심 말을 더 보태고 싶었다. 하비의 주일학교 선생님으로서 그를 아꼈기 때문이다. 하지만 그는 자신이 입을 열 처지가 아니라고 느꼈다. 그의 아들들 역시 망나니였고, 불과 일 년 전 그중 하나가 도박장에서 총에 맞아 수하물 칸에 실려 불명예스럽게 귀향했기 때문이다.

"그렇다 해도 하비가 독주를 입에 달고 살았고, 취할 때마다 영락없는 바보 천치가 됐다는 사실만은 부정할 수 없지."

가축 운송업자가 훈계하듯 덧붙였다.

바로 그때 거실 문이 요란하게 덜컹거렸고, 사람들은 본능적으로 몸을 움찔거렸다. 하지만 문을 열고 나온 이가 짐 레어드뿐임을 확인하자 다들 안도하는 기색이었다. 하지만 그의 붉은 얼굴은 분노로 굳어 있었고, 퇴역 군인은 그의 충혈된 눈빛을 보자 고개를 숙였다. 술꾼이었지만, 그는 이 일대에서 법을 가장 능숙하게 다루는 인물이었고, 모두가 언젠가는 그의 도움이 필요했다. 레어드는 문에 등을 기댄 채 팔짱을 끼고 고개를 기울였다. 법정에서 그가 이런 자세를 취할 때면 사람들은 긴장했다. 독설이 시작된다는 신호였기 때문이다.

"나는 이런 자리에 당신들과 여러 번 함께했소."

그가 건조하고 평온한 말투로 입을 뗐다.

"이 마을에서 태어나 자란 아이들의 관 곁에서 말이오. 내 기억이 맞다면, 당신들은 그 아이들의 삶을 되짚어 보며 단 한 번도 만족스러워한 적이 없었지. 도대체 무엇이 문제인가? 왜 이 샌드 시티에서는 이름난 청년 하나 찾기 힘든 거요? 타지 사람이 보기엔, 이 잘나간다는 마을에 뭔가 단단히 잘못된 구석이 있다고 생각되지 않겠소? 이 마을이 배출한 가장 명민한 젊은 변호사 루번 세이어는, 대학을 마칠 때만 해도 그토록 강직하고 바른 청년이었는데 왜 술에 빠져 수표를 위조하고 스스로 목숨을 끊어야 했소? 빌 메릿의 아들은 왜 오마하의 술집에서 알코올 중독으로 떨며 죽어갔고, 여기 계신 토머스 씨의 아들은 왜 도박장에서 총에 맞아 죽었는가? 젊은 애덤스는 왜 보험금을 타내려 제 손으로 방앗간을 태우고 교도소에 수감되었냔 말이오?"

　변호사는 말을 멈추고 팔짱을 풀더니, 꽉 쥔 주먹을 탁자 위에 조용히 올려놓으면서 말을 이었다.

　"내가 그 이유를 말해주지. 당신들이 그 아이들에게 아주 어릴 때부터 돈과 속임수 말고는 아무것도 가르치지 않았기 때문이오. 오늘 밤 여기서 그랬던 것처럼, 사사건건 트집을 잡으며 펠프스와 엘더 같은 자들을 인생의 본보기로 내세웠지. 마치 우리 조상들이 워싱턴과 애덤스를 본받으라 했던 것처럼 말이오. 하지만 아이들은 당신들이 말하는 그 '비즈니스'에 뛰어들기엔 너무 어리고 순진했소. 그러니 어떻게 펠프스와 엘더 같은 '기술자'들을 상대로 한 푼이라도 따낼 수 있었겠소? 당신들은 그 아이들이 '성공한 악당'이 되길 바랐지만, 그들은 그저 '실패한 악당'이 되었을 뿐이오. 차이는 그것뿐이오. 무법지대와 문명의 경계에서 자란 아이들 가운데 비극을 피한 이는 단 한 명뿐이었소. 그런데 당신들은 실패한 아이들보다, 끝내 당신들 손을 벗어난 하비 메릭을 더 미워했지. 아니, 증오했소. 지독하게도. 펠프스 씨는 마음만 먹으면 우리 모두를 사고팔 수 있다고 떠들지만, 그는 알고 있었소. 하비는 그의 은행이든 농장이든 통째로 준다 해도 쳐다보지 않을 사람이란 걸. 펠프스 같은 자들에게 그런 '무관심'이야말로 가장 견디기 힘든 모욕이오. 여기 퇴역 군

인 영감은 하비가 술을 너무 많이 마셨다고 생각하는 모양이
군. 당신이나 나 같은 술꾼이 그런 말을 하다니 참으로 기가
막히오. 엘더 형제는 또 하비가 노인네 돈을 함부로 써서 효
심이 부족했다고 말하고 싶겠지. 하지만 우리 모두는 기억
하고 있소. 엘더, 자네가 법정에서 제 아버지를 거짓말쟁이
로 몰아세우던 그 목소리를 말이오. 결국 그 노인네가 아들
과 동업하다 털 깎인 양처럼 빈털터리가 되어 쫓겨난 일도
다 알고 있지 않소? 그러나 개인적인 공격은 이쯤에서 접어
두겠소. 이제 내가 정말 하고 싶은 말로 넘어가겠소."

변호사는 잠시 말을 멈추고, 넓은 어깨를 펴더니 다시 입
을 열었다.

"하비 메릭과 나는 동부에서 함께 공부했소. 우리는 진지
했소. 언젠가 당신들이 우리를 자랑스러워하게 만들고 싶었
지. 위대한 사람이 되고 싶었단 말이오. 나조차도. 그래, 나
역시 위대한 사람이 되고 싶었소. 하지만 내가 변호사가 되
어 이곳으로 돌아왔을 때 알게 되었지. 당신들은 내가 위대
한 인물이 되는 걸 바라지 않는다는 걸 말이오. 당신들이 원
한 건 단 하나였소. 내가 영악한 법 기술자가 되는 것. 오,
그렇고말고! 여기 우리 노병은 소화불량이 있다는 핑계로 연
금을 더 받게 해 달라며 나를 들볶았고, 펠프스는 과부의 작

은 농장을 제 땅으로 편입시키려고 새로운 조사를 요구했
지. 엘더는 고금리로 돈을 빌려주고 그것을 끝까지 뜯어내
길 원했고, 스타크 영감은 노파들을 꾀어 종잇조각만도 못
한 부동산에 연금을 투자하게 만들려 했소. 그래, 당신들은
나를 절실히 필요로 했지. 앞으로도 그럴 거요. 그러니 이번
한 번쯤은, 내가 당신들의 가슴팍에 진실을 박아 넣는 걸 두
려워하지 않겠소.”

그가 다시 말을 이었다.

“그래, 나는 여기 돌아와 당신들이 바라던 그 빌어먹을 야
바위 변호사가 되었소. 당신들은 나를 존경하는 척하지만,
정작 당신들이 더럽히지도, 묶어두지도 못했던 하비 메릭에
게는 진흙을 던지고 있지 않소. 참으로 분별력 있는 그리스
도교 신자들이군! 동부 신문에서 하비의 이름을 볼 때마다,
당신들은 매 맞은 개처럼 고개를 숙여야 했던 때가 있었소.
반대로, 하비가 이 돼지우리 같은 곳을 벗어나 저 먼 세상에
서 위대한 작업을 하며 고결한 오르막길을 오르고 있다는 생
각에 가슴이 벅찼던 적도 있었지. 그럼 우리는 무엇이오? 이
죽어버린 서부의 작은 마을에서 싸우고, 속이고, 훔치고,
증오하며 살아온 우리에게 남은 게 무엇이오? 하비 메릭은
당신들이 가진 걸 다 합쳐도 저 습지 너머로 지는 노을 하나

와 바꾸지 않았을 거요. 당신들도 그걸 잘 알고 있지. 왜 이런 증오와 고통이 흐르는 곳에서 천재가 태어났는지는, 신의 뜻이겠지. 나는 알지 못하오. 하지만 나는 이 보스턴에서 온 젊은이가 한 가지만은 꼭 알았으면 좋겠소. 오늘 밤 여기서 그가 들은 이 시시한 잡담들이야말로, 여기 모인 샌드 시티의 자산가들이 진정으로 위대한 인물에게 바칠 수 있는 유일한 경의라는 사실을 말이오. 환자처럼 비틀거리고, 인생에서 낙오하고, 비겁하게 몸이나 사리는, 땅에 미친 투기꾼 놈들인 당신들이 말이오. 이 마을에 신의 자비가 있기를!"

변호사는 스티븐스 곁을 지나며 악수를 청하고는, 홀에서 외투를 챙겨 조용히 집을 나섰다. 퇴역 군인이 숙였던 고개를 들고 긴 목을 빼 방 안을 둘러보기도 전이었다.

다음 날, 짐 레어드는 술에 취해 장례식에 참석하지 못했다. 스티븐스는 그의 사무실을 두 번이나 찾아갔지만, 결국 그를 만나지 못한 채 동부로 돌아가야 했다. 그는 언젠가 변호사에게서 소식이 올 것 같은 예감에 탁자 위에 주소를 남겼다. 하지만 레어드는 설령 그것을 발견했다 하더라도 끝내 답장하지 않았다. 하비 메릭이 사랑했던 짐 레어드 안의 '그 무엇'은 하비의 관과 함께 땅속에 영원히 묻혀버린 것이 분명했다. 그 영혼은 다시는 입을 열지 않았다. 그리고 얼마

지나지 않아, 레어드는 펠프스의 아들 중 하나가 정부 소유
의 목재를 훔치다 저지른 사고를 변호하러 콜로라도 산맥을
넘어가던 길에 독감에 걸려 세상을 떠났다.

로다의 귀환

The Return of Rhoda

수잔 글래스펠(Susan Glaspell, 1876~1948)

미국 아이오와 출신. 사회 정의, 젠더 문제, 여성의 연대를 주제로 한 작품들로 주목받은 미국 현대 희곡의 선구자다. 여러 단편소설과 희곡 《트리플스》 등에서 여성의 시선으로 가부장적 사회의 불평등과 침묵 속 저항을 섬세하게 그려냈다. 1931년 《앨리슨의 집》으로 퓰리처상을 수상하며, 영향력 있는 여성 극작가로 평가받는다.

—

“가끔은 좀 외로울 것 같기도 하군.”

“아이고, 이게 최선이라는 건 당신도 알잖아요.”

“최선이 아니라는 걸 따지자는 게 아니오. 그냥 조금 외롭다는 말이오. 그뿐이지.”

프리 부인은 난로 쪽으로 커다란 나무 흔들의자를 조금 더 끌어당겼다. 구식 거실 안에는 난로에서 퍼져 나온 따뜻한 빛이 가득했고, 그녀는 부드러운 흰 양모를 집어 들었다. 로다를 위해 어깨에 두를 것을 만들 생각이었다. 이제 도시로 간 로다에게는 그런 것이 필요할 터였다.

하지만 그녀는 곧바로 손을 놀리지 않고, 의자에서 몸을 약간 틀어 창밖을 바라보았다. 넓게 펼쳐진 하얀 들판이 눈에 들어왔다. 언덕들은 차갑게 빛나고 있었고, 눈은 이 순간에도 허공을 날고 있었다. 겨울이 본격적으로 시작되던 참이었다.

“그러게, 당신 같은 사람은 외로울 틈이 없지.”

늙은 농부가 조용하고도 인자한 목소리로 말했다.

“여보, 내가 정말 외로워질 때가 있으면요, 그럴 땐 늘 이렇게 생각해요. 우리가 이렇게 하기로 한 게 다 최선이었다고요. 그러면 마음이 좀 놓여요."

그녀가 뜨개질을 집어 들며 말했다.

존 프리는 창가로 걸어갔다.

"지금 로다가 우리와 함께 있다면 말이오, 여전히 마을 학교에서 아이들을 가르치고 있다면, 난 이미 넬리 목에 썰매를 매고 나섰을 거요. 내가 있을 때는 로다가 험한 길을 다니게 두지 않았거든."

"로다는 늘 그걸 고마워했지요."

프리 부인은 잠시 말없이 뜨개코를 세다가 말했다.

"로다는 이 근처에서 가장 훌륭한 선생이었소."

그는 아내가 여전히 코를 세고 있는 사이 약간 날 선 목소리로 말을 이었다.

"다들 그렇게 말하잖소. 로다가 제일이라고."

"열넷, 열다섯, 열여섯. 내가 언제 로다가 좋은 선생이 아니라고 한 적이 있나요. 내 말은, 로다처럼 노래를 잘하는 아가씨가 히코리 그로브 학교에서 선생을 할 필요는 없다는 거였죠. 히코리 그로브가 아니라 어떤 학교에서든 말이에요."

"윌리엄스 형제가 그러더군. 로다가 성가대에서 빠진 뒤로는 설교가 예전만큼 마음에 와닿지 않는다고. 그리고 솔직히 말해서, 내가 교회에 가는 건 주님을 예배하기 위해서지만, 로다가 있을 때 예배가 더 즐거웠던 것도 사실이오.”

그는 마치 고백이라도 하듯 낮은 목소리로 말했다.

“그렇게 말한 사람이 한둘이 아니에요.”

프리 부인은 흡족한 듯 말했다.

“마을 사람들이 한 사람에게 그렇게까지 기대는 모습을 나는 본 적이 없소. 헛간을 짓는 일부터 장례식까지, 무슨 일이든 로다가 빠지면 제대로 치러지지 않았소. 게다가 우리 로다가 자기 노래를 아껴두기보다는 늘 필요한 곳에 내놓았다는 사실만큼은 누구도 부정하지 못할 거요.”

“우리 로다가 아버지를 닮았으니, 뭐든지 아끼며 사는 성격은 아니지요.”

프리 부인이 조용히 말했다.

그녀는 늘 뜻밖의 순간에 이런 말을 던졌고, 그 말은 언제나 상대를 잠시 멈칫하게 만들었다.

“아니, 나는 그게 지금하고 있는 이야기와 무슨 상관이 있는지 모르겠소.”

그는 조금 어색한 말투로 말을 이었다.

잠시 동안 “열셋, 열넷, 열다섯, 열여섯….” 하는 소리만들렸다. 그러다 그가 다시 입을 열었다.

"여보, 팀 파워스 장례식에서 로다가 〈온화한 빛이여, 나를 이끄소서〉를 불렀던 거 기억하오? 그때가 내가 들은 로다의 노래 중 가장 가슴을 울렸소."

프리 부인의 무릎 위로 부드러운 양모가 툭 떨어졌다.

"로다는 다른 사람의 마음을 참 잘 헤아리는 아이예요."

그녀가 낮은 목소리로 말했다.

존 프리가 웃음을 터뜨렸다.

"내 생각엔, 그 애가 엄마를 닮지 않았다면 그럴 리가 없었을 거요."

"열넷, 열다섯, 열여섯, 돌려."

그 말이 그녀의 전부였다.

"이제 좀 일을 하러 나가야겠군. 아무래도 이번 겨울은 꽤 길 것 같소."

"여보, 그렇게 서두르지 말아요. 열넷, 열다섯, 열여섯… 아, 또 틀렸잖아요."

그는 두꺼운 외투를 걸치고 창가에 섰다.

"프레드 배럿의 썰매가 오는 것 같군."

그가 말했다.

"로다가 집에 있었다면, 썰매가 어디로 가는지 금방 알았겠죠.”

프리 부인이 말했다.

“꽤 빠르게 오고 있소. 밖은 몹시 춥겠지. 썰매에 누군가 타고 있소. 남자는 아니오, 여보.”

그는 잠시 말을 멈추었다가, 갑자기 흥분한 목소리로 외쳤다.

“여보, 프레드 배럿이 우리 집 대문을 열고 있어.”

그는 목이 메인 채 말을 이었다.

“여보, 이리 와 봐요.”

그녀는 그의 곁으로 다가가 창밖을 내려다보았다. 그는 대문 쪽을 가리켰다.

“당신 눈에도 보이지?”

그가 숨을 헐떡이며 물었다.

여자의 얼굴이 기묘할 만큼 하얗게 질렸다.

“저건… 저건… 설마… 아니야… 저건….”

“로다!”

두 사람은 한동안 멍하니 서 있었다. 잠시 뒤, 문손잡이를 더듬는 네 개의 손이 보였다.

로다가 어떻게 썰매에서 내려왔는지, 누가 여행 가방을 들고 들어왔는지, 프레드 배럿이 인사도 없이 어떻게 떠났는지 그들은 끝내 제대로 알지 못했다.

모든 일은 기묘한 소용돌이처럼 한꺼번에 지나갔다. 이내 문이 닫히고 썰매 방울 소리가 멀어지자, 로다는 낡은 방 안을 낯설고 두려운 눈으로 한 번 둘러보았다. 그러고는 눈 덮인 모자와 외투도 벗지 못한 채 어머니의 품으로 몸을 던졌다. 그동안 억눌러 왔던 긴장이 풀리자, 거칠고 멈출 수 없는 흐느낌이 터져 나왔다.

어머니는 아무 말 없이 딸을 안고 서 있었다. 그녀는 어머니였고, 지금 이 순간 무엇이 최선인지 알고 있었다.

하지만 존 프리는 더는 참지 못하고 소녀의 어깨에 손을 얹었다. 거친 얼굴은 눈물로 젖어 있었고, 그는 목이 메인 채 말했다.

"로다야, 집이야. 무슨 일이 있었든 이젠 다 괜찮다."

그제야 로다는 고개를 천천히 들고 아버지의 손을 더듬어 찾았다.

"실수였어요, 실수."

그녀는 애처로운 소리로 말했다.

"실수라니 무슨 말이냐?"

존 프리가 물었다.

"어머니!"

소녀가 아직 흐느낌이 가시지 않은 목소리로 외쳤다.

"다 끝났어요. 우리 꿈은 끝났어요, 어머니. 나… 나는…
아, 난 노래를 할 수가 없어요."

그녀는 의자에 털썩 주저앉아 머리를 식탁 위에 떨구었
다. 그러자 낡은 방 안에, 여태껏 한 번도 울려 퍼진 적 없는
흐느낌이 뜨겁고 격렬하게 이어졌다.

"로다, 목소리에 무슨 일이 생긴 거냐?"

늙은 농부가 조심스럽게 물었다.

그제서야 로다의 흐느낌이 조금 가라앉았다.

"아니에요, 아버지. 아무 일도 없었어요. 원래부터 없었
어요. 저는 노래를 잘하는 사람이 아니었어요."

"아니, 그건 말이 안 되지. 대체 누가 그런 말을….."

"여보."

프리 부인이 말을 끊었다.

"지금은 그런 얘기 나눌 때가 아니에요. 어서 불가로 와,
로다. 젖은 옷부터 벗고 뜨거운 것 좀 마셔야지. 그렇게 앉
아 있다간 큰일 나겠어. 널 챙겨주는 사람이 아무도 없는 것
처럼 이게 무슨 꼴이니."

발이 따뜻해지고 어머니가 끓여 준 차를 몇 모금 마신 뒤,
오래된 집 안의 풍경이 마음의 상처를 조금 누그러뜨리자,

그제야 로다는 부모를 힘들게 하지 않을 말을 찾으려 애쓰며 생각을 가다듬었다.

부모는 그녀의 양옆에 앉았다. 무슨 일이 있었는지 알고 싶어 하면서도, 딸의 마음이 다칠까 봐 선뜻 묻지 못하고 있었다. 슬픔은 여전했지만, 딸이 집으로 돌아왔다는 기쁨이 그 슬픔을 조금 덜어주고 있었다.

"아버지."

그녀가 조용히 말을 꺼냈다.

"이 근처에는 정말로 뛰어난 가수가 없었어요. 그래서 제가 가장 나았던 거예요. 노래를 조금 한다는 이유만으로, 파슨스 선생님도, 우리 모두도 제가 대단한 목소리를 가졌다고 착각했던 거예요. 사실은 그렇지 않은데요."

"이게 다 무슨 말인지, 난 도무지 모르겠구나."

"여보, 로다 얘기를 끝까지 들어요."

늙은 농부가 말하려 하자 그의 아내가 조용히 막았다.

"도시는 훌륭한 가수들로 가득해요, 어머니. 전국 곳곳에서 사람들이 몰려와요. 저보다 노래를 잘하는 사람이 수천 명이나 있어요."

"난 그 말이 믿기지 않는구나."

아버지는 무릎을 세게 치며 말했다.

로다는 아버지를 바라보며 다정하게 미소 지었다.

"믿으셔야 해요, 아버지. 도시에서 손꼽히는 선생님이 직접 그렇게 말씀하셨어요."

"그랬다고? 네가 뭔가 잘못해서 선생님을 화나게 했거나, 분명 다른 사정이 있었을 게다."

"아니에요, 아버지. 그렇게 생각하시면 안 돼요. 그분은 정말 친절하셨어요. 마음만 먹으면 우리 돈을 더 오래 받으실 수도 있었는데, 그러지 않으셨어요."

"흠."

존 프리는 여전히 못 미덥다는 듯 코웃음을 쳤다.

"레슨이 끝난 뒤였어요."

로다가 조심스럽게 말을 이었다.

"제가 장갑을 끼고 서 있었는데, 선생님이 제 목소리로 뭘 하고 싶은지 물으셨어요. 이걸로 돈을 벌 생각이 있는지, 지금까지 들인 돈을 되찾고 싶은지도요."

늙은 농부의 얼굴이 굳어지자, 그녀는 급히 말을 이었다.

"그래서…. 우리가 부자가 아니라는 것과, 그동안 얼마나 애써 왔는지 말씀드렸어요. 그랬더니 선생님이 한참 저를 바라보시다가 자리에 앉으셨어요. 그리고 사실을 말씀해 주셨어요, 아주 조용히요."

그녀는 잠시 머뭇거리다가 잠긴 목소리로 계속 말했다.

"그동안 제가 겪은 모든 고통에도 불구하고, 저는 그분께 진심으로 감사해요."

어머니는 손을 뻗어 딸의 손 하나를 꼭 잡았다.

"로다, 선생님께서 정확히 뭐라고 하셨니?"

"제 목소리가 아주 뛰어난 건 아니라고 하셨어요. 계속 돈을 들일 만큼의 가치는 아니라는 뜻이었죠. 목소리는 아무것도 없는 데서도 만들어낼 수 있지만, 그러려면 아주 오랜 시간과 큰돈이 든다고요. 그런데 이미 좋은 목소리를 타고난 사람들이 너무 많은데, 제 목소리로는 결국 우리에게 남는 건 실망뿐일 거라고요."

그녀는 잠시 말을 멈췄다가 조용히 덧붙였다.

"저는… 그 말씀이 맞다는 걸 알았어요. 선생님은 또, 제 목소리가 그냥 취미로 노래 부르기엔 참 좋은 소리라고는 하셨어요."

그녀는 애써 웃어 보이며 말을 이었다.

"하지만 그게 전부라고요. 레슨 한 번에 5달러씩 낼 만큼의 가치는 아니라고 하셨어요. 무슨 말인지 아시겠죠?"

프리 부인은 북받쳐 오르는 울음을 꾹 눌러 삼키며 딸의 손을 더 꼭 쥐었다.

"처음부터 저도 이렇게 담담하지는 못했어요."

로다는 조금만 더 말하면 목소리가 무너질 것처럼 떨리는 숨으로 말을 이었다.

"물론 그분 앞에서는 울지도, 소란을 피우지도 않았어요. 선생님이 얼마나 친절하신지 알고 있었으니까요. 그래서 감사하다고 말씀드렸고, 더는 레슨을 받지 않겠다고도 했어요. 아… 정말 얼마나 좋으셨는지 몰라요."

그녀는 잠시 숨을 고른 뒤 다시 말했다.

"선생님은 이 세상 모든 사람이 훌륭한 목소리를 가질 수는 없다고 하셨어요. 그건 우리의 잘못이 아니고, 우리가 가진 것으로 최선을 다한다면 부끄러워할 일은 하나도 없다고요. 그러면서 제 손을 잡아주시고는, 저를 참 좋아한다고, 그래서 솔직하게 말해준 거라고 하셨어요."

그녀는 더 이상 참지 못한 듯 울먹이며 말했다.

"그 말씀이 옳다는 건 알고 있었어요. 우리가 가진 것으로 최선을 다하면 된다는 말씀이요. 하지만 그래도요, 어머니… 제가 얼마나 어리석었는지, 어머니도 아시잖아요. 작은 우리 교회에서 노래를 부르면서, 그곳이 수천 명이 모인 큰 도시의 교회라고 혼자서 상상하곤 했어요. 밤마다 사람들이 다시 불러 달라고 박수를 치고, 저는 꽃을 한 아름 안은 채 무대 위에 서 있는 꿈을 꾸면서 잠들었고요. 어머니, 다 알고 계시잖아요.”

로다는 거칠어진 어머니의 손을 붙잡아 자기 뺨에 꼭 눌렀다. 지치고 창백한 얼굴을 타고 뜨거운 눈물이 흘러내렸다.

“이게 다 언제 일이냐?”

아버지는 눈물을 꾹 참느라 목소리가 거칠어졌다.

로다는 잠시 머뭇거리다 말했다.

“열흘 전이에요.”

“그럼 그 뒤로는 대체 어디 있었던 거냐?”

그녀는 지친 듯 머리칼을 뒤로 넘겼다.

“가게에서 일해보려고 했어요. 그런데요… 그 일도요, 프리마돈나가 되려다 실패했을 때만큼이나, 정말 참담했어요.”

“로다, 어쩜 세상에나!”

어머니가 놀라 외쳤다.

“그때 제 마음이 어땠는지 어머니는 모르세요. 집에 오고 싶었는데, 그럴 수가 없었어요. 패배자가 되어 돌아오는 것 같았거든요. 도시에서 뭐라도 해내야만 할 것 같았어요. 마침 친구가 가게 자리를 구해줬어요.”

로다는 잠시 말을 멈추더니 웃었다. 집에 돌아온 뒤, 부모가 들은 웃음 가운데 가장 자연스러운 웃음이었다

"저는 정말 형편없는 점원이었어요. 너무 싫었어요. 공기는 답답했고, 손님 중에는 신경질적이고 못된 사람들도 많았어요. 그러다 어느 날 밤, 머리도 아프고 발도 아프고, 온몸이 지치고 아픈 채로 집에 돌아왔는데… 아버지가 보낸 편지를 받았어요. 학교를 맡아달라는 이야기, 어머니와 아버지가 많이 외롭다는 이야기요. 그 편지가 결국 저를 집으로 돌아오게 했어요."

존 프리는 헛기침을 하고 아내를 바라보았다. 더는 반박도 꾸중도 받아들이지 않겠다는 표정이었다.

"참 묘한 일이야. 오늘 오후에 네 어머니한테 바로 그 얘길 했거든. 로다에게 전보를 쳐서 집에 오라고 할까 하고 말이야. 이번 겨울엔 내 몸이 영 신통치가 않아."

"정말요, 아버지? 어디가요?"

로다가 걱정스레 물었다.

"아니다, 이제 괜찮다."

그는 서둘러 말을 끊으며 아내를 똑바로 바라보았다.

그는 곧 집안일을 보러 나갔고, 로다는 어머니와 함께 마음속 이야기를 모두 털어놓았다. 저녁 준비할 시간이 되자,

로다는 예전처럼 자연스럽게 일을 거들었고, 낡은 부엌에는 몇 번이나 딸의 웃음소리가 울려 퍼졌다. 그 소리에 어머니의 마음도 환해졌다.

"어머니."

창가에서 달걀을 젓고 있던 로다가 불렀다.

"아버지는 이 밤중에 또 어디 가시는 거예요? 넬리를 데리고 나가셨어요."

"세상에!"

프리 부인은 말려보려고 급히 문으로 나갔지만, 남편은 장난스럽게 손을 흔들며 그대로 떠나버렸다.

"정말 이상하네."

로다는 웃으며 달걀을 계속 저었다.

삼십 분쯤 지나 그가 돌아왔을 때, 그는 난로 옆에 앉아 로다가 식탁을 차리는 모습을 바라보다가 마침내 웃음을 띠며 말했다.

"조 차일즈가 아주 좋아하더군."

로다는 설탕 그릇을 내려놓았다.

"아버지, 어디 다녀오신 거예요?"

"흠. 내 일 좀 보고 왔지. 조 차일즈한테 볼일이 있어서 말이야."

그는 뜸을 들이다가 말을 이었다.

"네가 집에 왔다는 얘길 했더니, 그 사람이 의자에서 벌떡 일어나 팔을 휘두르며 소리치더군. '이봐, 존 프리, 로다가 우리 학교를 맡아줄 수 있겠나?' 그래서 내가, 로다에게 한 번 말해보겠다고 했지."

"아버지!"

로다는 식탁에 칼과 포크를 내려놓고, 눈가가 젖은 채 그를 바라보았다.

"그래도… 누군가가 나를 필요로 하고, 내가 있어야 할 자리가 있다는 게 참 좋아요."

존 프리가 고개를 끄덕이며 말했다.

"여기엔 너만 한 선생이 없지."

세계 문학 단편선

겨울 숲 사이로

초판발행	2026년 2월 28일
지은이	다자이 오사무, 알렉산드르 세르게예비치 푸시킨, 너새니얼 호손, 프란츠 카프카, 기 드 모파상, 캐서린 맨스필드, 아쿠타가와 류노스케, F. 스콧 피츠제럴드, 윌라 캐더, 수잔 글래스펠
옮긴이	정회성, 정지윤, 지선유, 이회진, 이하영, 김유안
디자인	선우정
펴낸곳	다정한책
펴낸이	노현주
출판등록	제2023-000131호
주소	파주시 회동길 480 B-438

전화 031-948-5640 | 팩스 0502-263-1540

전자우편 booksloveyou@naver.com

ISBN 979-11-990979-8-8 03800